16	3	2	13
5	10	11	8
9	6	7	12
4	15	14	1

Ivana Arruda Leite

HOTEL NOVO MUNDO

Romance

Este livro foi selecionado pelo Programa Petrobras Cultural

editora 34

EDITORA 34

Editora 34 Ltda.
Rua Hungria, 592 Jardim Europa CEP 01455-000
São Paulo - SP Brasil Tel/Fax (11) 3816-6777 www.editora34.com.br

Copyright © Editora 34 Ltda., 2009
Hotel Novo Mundo © Ivana Arruda Leite, 2009

A FOTOCÓPIA DE QUALQUER FOLHA DESTE LIVRO É ILEGAL E CONFIGURA UMA
APROPRIAÇÃO INDEVIDA DOS DIREITOS INTELECTUAIS E PATRIMONIAIS DO AUTOR.

Capa, projeto gráfico e editoração eletrônica:
Bracher & Malta Produção Gráfica

Revisão:
Fabrício Corsaletti
Mell Brites

1ª Edição - 2009

CIP - Brasil. Catalogação-na-Fonte
(Sindicato Nacional dos Editores de Livros, RJ, Brasil)

Leite, Ivana Arruda
L533h   Hotel Novo Mundo / Ivana Arruda Leite
— São Paulo: Ed. 34, 2009.
128 p.

ISBN 978-85-7326-422-7

1. Ficção brasileira. 2. Programa
Petrobras Cultural. I. Título.

CDD - 869.3B

HOTEL NOVO MUNDO

Segunda-feira	11
Terça-feira	31
Quarta-feira	53
Quinta-feira	65
Sexta-feira	81
Sábado	97
Domingo	107

para Inês e Nonô, meus pais

HOTEL NOVO MUNDO

Segunda-feira

Detesto conversar com estranhos, todo mundo sabe disso, menos esse cara que sentou ao meu lado. Desde que saímos do Rio de Janeiro, ele não para de falar.

— Eu não costumo andar de avião, mas estou tranquilo. Sabia que é mais seguro que automóvel? As estatísticas mostram isso.

Claro que ele não estava tranquilo. Sua última viagem de avião deve ter sido também a última vez que vestiu esse terno cheirando a armário. O tipo é baixinho, gordinho, quase careca e não tá nem aí para o meu mau humor. Continua dividindo comigo suas intimidades como se me interessasse o fato de ele estar de mudança para São Paulo depois de morar a vida inteira no Rio.

— Enquanto minha mãe estava viva, eu não tinha como sair. Cuidei dela até o fim. Sou filho único. Mas depois que ela se foi, eu pensei: nada mais me prende aqui. Por que não mudar de ares, de cidade? Meu chefe não acreditou quando eu disse que topava vir para São Paulo. Trabalho no mesmo banco há mais de trinta anos. Entrei menino, office boy, hoje sou subgerente de operações. Eu já tenho tempo de serviço pra me aposentar. O que me falta é idade. Gosto muito do que faço. Devo me apresentar na agência às catorze horas. Eu não conheço São Paulo muito bem. Pra falar a verdade, não conheço quase nada. E você, está indo a trabalho?

Enfim uma pausa. Qual foi mesmo a pergunta? Ah, se estou indo a trabalho. O que dizer ao cavalheiro? Não, meu senhor, eu não trabalho. Faz tempo que eu não sei o que é isso. Sou uma perua cuja única ocupação até ontem era gastar o dinheiro do marido. Aliás, ex-marido. Acabo de me separar e estou voltando pra cidade onde nasci, cresci, de onde eu nunca deveria ter saído. Fui pro Rio por causa do César. Foi ele quem fez de mim essa mulher inútil sem a menor ideia do que fazer daqui pra frente. Não sei do que vou viver, onde vou morar, como vou fazer pra me sustentar. Quem daria emprego a uma mulher tão desqualificada como eu?

— Não. Eu também estou de mudança.

— Que coincidência. As suas coisas já foram?

Que coisas, meu senhor? E eu lá tenho coisas? Nada do que eu tenho é meu. É tudo do César. Deixei tudo pra ele. Coloquei meia dúzia de roupas nessa maleta, peguei o dinheiro que ele deixava na gaveta da escrivaninha para uma emergência e vim embora. Eu sei, ninguém começa a vida com tão pouco, mas é o que eu tenho. Que ele enfie no cu as joias, o apartamento, as roupas, os carros, as obras de arte. Não quero um tostão desse filho da puta. Saio como cheguei, com uma mão na frente e outra atrás. Deixei tudo em cima da mesinha de centro da sala de visita: os cartões de crédito, os talões de cheque. Nem o celular eu trouxe que é pra ele não me encontrar nem falar comigo nem pedir para eu voltar. Quero sumir da vida desse infeliz. A chave eu deixei com o porteiro: "diz pro doutor César que eu fui embora". Amadeus perguntou se eu estava indo viajar. "Não, tô indo embora pra sempre. Me chama um táxi, por favor." Ele riu pensando que fosse brincadeira. "Imagina se dona Renata é capaz disso. Ela e o doutor se dão tão bem, um casal tão alegre, sempre recebendo amigos, viajando, jantando fora. Tá certo que o cabra é safado. Mas que homem não é? Ainda mais um cara rico e bonitão como ele. Se bem que a dona Renata não fica atrás. Como é linda! E gostosa."

— Estou levando só essa mala.

De mudança com uma mala tão pequena? O homem estranhou. Tá na cara que algo de muito grave aconteceu. Senão, por que uma mulher com cara de rica, jeito de rica levaria apenas uma mala de mão e viajaria nesses trajes? Com um moletom que mais parece um pijama e um tênis completamente baleado. Vê se isso é roupa para andar de avião. Pelo visto ela pulou da cama e veio do jeito que estava.

Como explicar pra esse sujeito que eu tive que sair às pressas porque não queria correr o risco de me encontrar com César? Se ele chegasse e me pegasse em casa eu não sairia, nem hoje nem nunca. Ele ia pedir desculpas, jurar que isso nunca mais ia acontecer, fazer um mega discurso (é a especialidade dele) — era até capaz de derramar uma furtiva lágrima pra me convencer a ficar. Por isso vim desse jeito. Joguei umas roupas na mala, pouca coisa: uma calça comprida, duas camisetas, um vestido, um sapato, um chinelo, uma sandália, umas calcinhas e um pijama. Xampu, creme rinse, escova de dente, sabonete, desodorante, batom e rímel na nécessaire e fui embora.

— Acabo de me separar.

Pronto, se ninguém sabia, agora todo mundo vai saber. A coisa ficou pública. Amanhã sairá em todos os jornais: doutor César Medeiros e sua linda Renata não dividem mais o mesmo edredom. Não é esse o tom das colunas sociais?

— Sinto muito — ele lamentou.

Fique tranquilo, meu senhor. Não há o que lamentar. Meu casamento era uma merda e estava em coma há muito tempo. Aquela felicidade que aparecia nos jornais era puro efeito da maquiagem. O senhor devia me dar os parabéns, isso sim. Não sei como aguentei tanto tempo.

— Obrigada.

Quero só ver quando Amadeus der o recado pro César. Ele não vai acreditar. Vai pensar que é uma pirracinha à toa. "Já, já ela volta. O lugar dela é aqui. A Renatinha me ama." Ao entrar em casa e ver minhas coisas sobre a mesinha vai dar risada. "Ela não vai muito longe." No segundo dia talvez ligue pra alguém: "você viu a Renata? A Renatinha passou por aí?". Pode esperar sentado, César. Dessa vez não tem volta.

Deixei tudo aí, pode conferir. Vou provar pra você que sou capaz de viver às minhas custas, que eu não sou essa incompetente que você me fez acreditar que era. Você vai ver do que a sua Renatinha é capaz.

— Qual é o seu nome?

— Renata.

— Divino, ao seu dispor — ele disse, estendendo a mão numa formalidade desnecessária, e continuou a matraquear.

— Por enquanto, eu vou ficar no hotel de uma amiga, nos Campos Elíseos. Mas a agência onde vou trabalhar é no Paraíso. Você sabe se o Paraíso fica perto da região da Luz?

Divino no Paraíso? Próximo à Luz? Se eu estivesse bem teria caído na gargalhada.

— Não lembro direito, mas acho que é só subir a Consolação, pegar a Paulista... Hoje tem metrô pra todo lado.

— É um hotelzinho pequeno, meia dúzia de quartos e nada mais. Praticamente uma pensão.

Na capital, vinte graus. Tenham todos um bom dia. Esperamos contar com sua preferência... Lá fora o dia estava azul e ensolarado. Os passageiros espremiam-se no corredor, pigarreavam, tamborilavam nas pastas, ajeitavam o cabelo, a gravata, pegavam recados no celular. Todos estavam atrasados, todos tinham muitos compromissos, todos tinham pra onde ir, com quem falar. Só eu continuava sentada, sem pressa nenhuma. Não tinha compromisso nem hora marcada. Não precisava me apresentar a ninguém. Não tinha rigorosamente nada pra fazer ao sair daquele avião.

— Onde é mesmo o hotel da sua amiga?

— Nos Campos Elíseos.

— Será que tem lugar pra mim?

Divino deve ter se arrependido. Talvez nem exista hotel nenhum e ele nem saiba onde vai ficar. "O que deu nessa maluca de querer ir para um hotel com um desconhecido?"

— Veja bem — ele gaguejou —, é um hotel muito simples, numa zona comercial.

— Eu sei como são os hotéis do centro da cidade. Será que tem um quarto pra mim?

— Só vendo — ele disse, passando o lenço pela careca molhada de suor.

Assim que abriu a porta, apertou o passo com a clara intenção de perder-se na multidão e escapar de mim, mas eu segurei-o firme pela manga do paletó.

— Não precisa correr. A gente pega um táxi, num instante estamos lá.

— Táxi? Que táxi? E eu lá tenho dinheiro pra táxi? — ele disse transtornado. — Eu vou de ônibus.

— Pode deixar que eu pago a corrida — falei, empurrando-o para o primeiro da fila.

A cidade passando ao lado e Divino de olhos fixos no taxímetro. "Será que essa doida vai mesmo pagar a corrida?"

Hotel Novo Mundo.
Ambiente familiar. Não aceitamos pernoite.

A entrada do hotel era uma única porta estreita de madeira, espremida entre uma loja de umbanda e um bar com mesinhas na calçada onde dois homens bebiam cerveja. Eles nos olharam curiosos. Os hóspedes do Novo Mundo não costumam chegar de táxi. Mal o carro estacionou, Divino saiu correndo e foi tocar a campainha, com medo que sobrasse pra ele. Paguei a corrida e me pus ao seu lado, em silêncio, esperando. Uma escultura gigantesca de um preto velho tomava sol na calçada e me olhava como se me conhecesse de outros tempos.

Logo um homem de olheiras profundas, barba por fazer e uma peruca torta na cabeça apareceu na janelinha. Pelo rosto era possível adivinhar o corpo frágil e miúdo. Ao reconhecer Divino ele abriu a porta e o sorriso de dentes amarelos. Os dois se abraçaram com muitos tapas estalados. Divino era o dobro do tamanho do homem. Pra mim, bastou um aperto de mão. Ele ajudou Divino com as malas e indicou o caminho. Subimos a escada em fila indiana, cada um com sua dúvida. O dono do hotel perguntava-se que mulher era aquela que estava com Divino. "Ele não me falou que vinha acompanhado. Que coisa esquisita." Divino coçava a careca tentando encontrar uma forma razoável de me apresentar. "Olha, essa maluca estava sentada ao meu lado no avião, perguntou pra onde eu ia e me seguiu até aqui. Faça o que quiser com ela. Não tenho nada com isso."

A escada terminava na recepção. Uma sala de paredes verdes, sem nenhuma janela, onde havia duas poltronas e um sofá de plástico com remendos de várias cores. Uma menininha de cabelos loiros e lisos e pele muito branca balançava os pezinhos no ar enquanto assistia desenho animado. Apesar de sua cor doentia, os olhinhos eram alegres e vivos. A tevê pendurava-se lá no alto. Um carpete esburacado de tom indefinido deixava à mostra os tacos antigos do assoalho. A falta de ventilação, o cheiro de mofo e o pó do carpete em breve atacariam minha rinite provocando um daqueles ataques intermináveis de espirro. O homem foi até o balcão que ficava do outro lado da sala, um móvel de madeira preta com desenhos chineses, ofereceu-nos café de garrafa térmica, abriu a gaveta e entregou a chave.

— O quarto de vocês é o 6.

Era preciso esclarecer o mal-entendido antes que fosse tarde.

— Nós não estamos juntos — falei.

O homem olhou para Divino sem entender.

— Não?

Retomei a palavra.

— Nós viemos no mesmo avião. Divino me falou do seu hotel. Como eu não tinha pra onde ir... O senhor tem um quarto pra mim?

O homem olhou para o amigo, que com um leve aceno de cabeça confirmou a história.

— O seu é o número 3.

Em seguida passou as instruções:

— O almoço é servido entre meio-dia e uma hora. O jantar, entre sete e oito. Peço que vocês economizem água porque estamos com um problema de abastecimento na região. A diária inclui café da manhã e uma refeição.

Achei melhor pagar uma semana adiantado. Não só para provar que eu era uma pessoa de bem como para garantir que, independente do rumo dos acontecimentos, eu teria onde ficar. Pelo menos por uma semana. Tudo acertado, só faltava me despedir do meu companheiro. Agradeci comovida a gentileza de me trazer sã e salva até aqui.

— Muito obrigada. A gente se vê.

— Vou deixar minhas coisas no quarto e volto pra almoçar. Se quiser, podemos almoçar juntos — ele disse.

— Claro, desço num instante.

A escada que levava ao piso superior era de mármore, com corrimão de ferro e flores de latão. No teto, uma claraboia espalhava tons de azul e verde sobre os degraus carcomidos. Resquícios do palacete que o hotel fora um dia. Por aqui moravam os barões de café endinheirados. Campos Elíseos já foi o Morumbi de outras épocas. Hoje o pouco que resta das mansões de outrora está escondido nos cortiços, nos puteiros e nos hotéis vagabundos.

A garotinha deixou a tevê de lado e subiu atrás de mim querendo conversa. Quando cheguei ao quarto, pedi licença e bati a porta na cara dela. Criança agora não, por favor. Tudo menos criança.

Ao contrário do ambiente sufocante da recepção, o quarto era amplo e iluminado. Da janela avistava-se um imenso quintal arborizado com mangueiras, jabuticabeiras, laranjeiras, abacateiros, gatos, cachorros, galinhas e passarinhos. Por trás das muitas fachadas, no interior do quarteirão, o quintal é um só. Uma paisagem surpreendente. Na cama de casal, os lençóis eram alvos e bem passados. Ao lado, uma poltrona de veludo verde e um guarda-roupa com espelho de cristal. No banheiro havia uma banheira antiga com torneiras de latão. Nada ali denunciava a presença humana antes da minha chegada. Nenhum vestígio, nenhuma marca de sapato no piso, nenhum cheiro além do pinho fedido do desinfetante. Eu estava inaugurando o novo mundo. Abri a mala sobre a cama e pendurei o único vestido. Impossível não dar risada. Até ontem minhas roupas lotavam um closet quase do tamanho desse quarto. Distribuí o resto pelas gavetas. Tinha espaço pra muito mais. O saquinho de naftalina garantia que nenhuma barata passaria por ali. Pensei em deitar um pouco, meus pés estavam doloridos, desde ontem não tiro esse tênis. Mas Divino estava me esperando para o almoço. Deus me livre de atrasá-lo para o novo emprego. Quando abri a porta dei de cara com a menininha sentada no mesmo lugar onde a deixei, com mais uma pergunta na ponta da língua.

— Onde você mora?

— Eu moro aqui, não está vendo?

— Nãããããããão. Onde você mora de verdade.

— Eu moro aqui. Essa é a minha casa de verdade. E você? — inverti o jogo na esperança que ela se atrapalhasse e me deixasse em paz.

Ritinha morava em Tatuí, no interior do estado de São Paulo. Estava hospedada com a mãe.

— Eu gosto mais daqui. São Paulo é bem maior e tem mais barulho. Eu acho legal.

Quando chegamos no refeitório, Divino estava sentado numa das mesas. Eram quatro, todas vestidas de vermelho e branco. O refeitório era uma sala clara e ventilada. A janela dava para o quintal. Sobre as mesas, pratos de louça branca e talheres embrulhados em guardanapo de papel. Ao vê-lo de longe, ele me pareceu mais velho e mais gordo, embora estivesse com a mesma roupa. A novidade era um perfume de limão que antes não havia.

O homem da peruca torta esperou que eu me sentasse para trazer o almoço: salada de alface e tomate, arroz, feijão, filé de frango grelhado e purê de batata. Uma comida perfumada e apetitosa. Divino debruçou-se sobre o prato e atacou sem muita conversa. Mudar de emprego e de cidade mexe com os nervos de qualquer um. Fechei os olhos para saborear melhor e cheguei a gemer de prazer ao provar o primeiro bocado. Fazia tempo que eu não comia nada tão gostoso. Comida de gente boa, trabalhadeira. De agora em diante eu também serei como eles. Até a banana da sobremesa me pareceu excepcional.

— Quem é este senhor? — perguntei querendo entender o lugar onde estava hospedada. — Cadê a sua amiga?

— Ele é marido dela. A Genésia deve ter saído pra fazer alguma coisa. Ela vive correndo pra cima e pra baixo. Por falar em correr, tá na minha hora. Não posso chegar atrasado no primeiro dia. E ainda nem sei como se chega ao Paraíso.

— Você quer um jeito bem rapidinho?

Divino demorou pra entender a piada. Então sorriu pela primeira vez. Seus dentes eram pequenos e suas bochechas ficavam rosadas quando ele dava risada.

— São Paulo vai te receber de braços abertos.

De onde eu tirei essa bobagem? O que estava dizendo? Quem era eu pra garantir uma coisa dessas pra alguém? Divino pediu licença e foi escovar os dentes, como fez questão de anunciar. Eu me levantei e fui à recepção ouvir o telejornal do meio-dia ao lado de Ritinha. No velho mundo, tudo continuava na mesma. Nada de novo aconteceu com a minha saída. Ninguém notou a minha falta. Nem o César. Duvido que ele tenha percebido que eu o abandonei para sempre.

Uma mulher muito magra, com as costas arqueadas, usando um vestido estampado de alcinha, com cabelos negros e lisos caindo pelos ombros ossudos, apareceu na escada. Ritinha fez as apresentações.

— Essa é a minha mãe. O nome dela é Deise.

— A Ritinha está deixando você ver televisão? Ela fala mais que a boca.

— Imagina, a menina é um amor.

Deise e Ritinha deram-se as mãos e foram almoçar. Divino entrou na sala de olhos arregalados e parou na minha frente com a pasta preta nas mãos. Ao vê-lo tão assustado, não resisti. Levantei e lhe dei um abraço.

— Vai com Deus. Boa sorte.

Ele me deu dois beijinhos e desceu a escada apressado. Subi para o meu quarto. Estava exausta. Fechei a janela, tirei o moletom, o tênis e me enfiei nos lençóis cheirosos. Se eu pegasse um avião e voltasse pra casa, o César nem iria ficar sabendo que pretendi abandoná-lo.

* * *

Nós nos conhecemos no dia em que ele fazia quarenta anos. Os amigos lhe deram uma festa surpresa no Sofia's, o puteiro mais chique da cidade, frequentado por políticos, executivos, mega empresários e milionários em geral. À meianoite eu desci do teto, nua em pelo, sentada num balanço cheio de flores. O balanço veio descendo devagar até que eu pousasse no colo dele. Aí eu cantei *"Happy Birthday, Mr. President"* imitando a Marilyn Monroe e fiz ele comer os morangos que estavam grudados com chantilly no bico do meu peito. Eu fui dada ao César de presente pelos amigos. Na época, ele parecia um galã de cinema. O César sempre foi muito bonito mas ali ele estava no auge. O cabelo começando a ficar grisalho, a pele clara, o sorriso, a voz, tudo nele era maravilhoso. Assim que os amigos deram uma folga, ele me tirou de lá e me levou para um motel. Entramos na sexta e saímos no domingo à noite, trepando sem parar. Nessa época ele morava no Rio e era casado com a Margô.

— Se eu pudesse, me separava agora da minha mulher e ficava com você. Mas meus filhos ainda são muito pequenos.

Eu não tenho coragem de deixá-los com a minha mulher. Ela é louca de pedra. A gente nem trepa mais. O papo de sempre. Mas por que tantas explicações? Esquece isso. Comigo é só meter e pagar. O problema é que o César se apaixonou por mim de verdade e passou a me dar muita grana para que eu fosse só dele. Pagava todas as minhas despesas, "você não tem mais com que se preocupar". Em compensação, minha vida virou uma pasmaceira. Eu passava o dia inteiro indo do quarto pra sala, da sala pra cozinha, da cozinha pro quarto, vendo a vida pela janela ou na tela da tevê. No Sofia's minha vida era agitadíssima. Eu fazia dois ou três programas por noite, ia a festas, jantares. Até viagem pro exterior eu fiz com um cliente. De repente, minha vida era ficar ao lado do telefone esperando o César ligar ou ficar contando os dias pra ele chegar. Ele vinha bastante, mas mesmo assim de vez em quando eu ficava de saco cheio e ligava reclamando. Ele me enrolava.

— Amanhã eu vou pra São Paulo. A gente vai ver o show do Fábio Jr. Comprei um vestido novo que vai ficar lindo em você.

Eu podia trepar com outros caras escondido, mas aí tinha dois problemas: o primeiro é que eu sabia que o César controlava os meus passos à distância. Ele punha gente pra me vigiar e eu sabia disso. Mas o principal motivo é que eu não queria. Eu também estava apaixonada por ele e só pensava nele, só queria saber dele. Na ausência dele, eu me masturbava pensando nele. Eu não queria mais saber de homem nenhum. O César foi o primeiro e único amor da minha vida. Às vezes eu perdia o controle e ligava pra casa dele. Se a mulher atendesse, eu desligava na cara dela e tentava de novo. Ia tentando até ele atender. Ele odiava que eu fizesse isso.

— Tô morta de saudade. Não aguento mais — eu dizia aos prantos. — Quando você vem me ver?

— Não, senhor, aqui não tem ninguém com esse nome — era a sua resposta. — É engano.

Assim que a mulher dava uma folga, ele ligava.

— Eu já pedi pra você não fazer isso. Eu também estou com saudade. Claro que eu te amo. Depois de amanhã eu tô chegando, juro.

Mas aí, quando ele chegava, a fissura era tão grande que a gente passava metade do tempo brigando, chorando e culpando o outro pelo inferno que a nossa vida tinha virado. Aos poucos a raiva ia passando, a gente ia se encostando devagar, se beijando e começava tudo de novo. Era maravilhoso estar com ele. O inferno pra mim era estar longe do César.

* * *

Acordei assustada sem saber que quarto era aquele, que cama era aquela, onde eu estava. Alguém batia forte na porta. Era uma mulata gorda de carapinha grudada na cabeça e um vestido amarelo com girassóis que doíam na vista. Ela foi entrando sem pedir licença, bisbilhotou tudo ao redor e encaixou o bundão na poltrona com um longo gemido.

— Olá, eu sou a Genésia, a dona do hotel — ela disse estendendo-me a mão de longas unhas vermelhas. — Você é amiga do Divino?

— Na verdade, não. Nós nos conhecemos no avião.

— Pois eu o conheço desde menina. Moramos a vida toda em Vila Isabel. O Leão te falou do horário das refeições, do regulamento, que não pode trazer ninguém pro quarto?

— Leão?

— O meu marido, aquele que te recebeu. Mas fica tranquila porque o leão é manso — ela disse, rindo da própria piada.

Quer dizer que o homúnculo de peruca alaranjada e torta na cabeça se chamava Leão? O mico-leão-dourado e a mulata de escola de samba formavam um dos casais mais bizarros que eu já tinha visto.

— Você pretende ficar muito tempo?

— Paguei adiantado uma semana, mas ainda não sei.

— O hotel é estritamente familiar e eu não tolero bagunça.

Minha senhora, quase que eu disse, eu sou uma perua inútil, incapaz de macular a honra do seu estabelecimento. Fique tranquila porque eu não vou fazer bagunça nem trazer ninguém pra dormir comigo, até porque não quero ouvir falar em homem tão cedo.

— Se o seu hotel é familiar, eu estou no lugar certo.

Encerrada a preleção, Genésia respirou fundo, tomou embalo e ergueu o corpanzil apoiando-se nos braços da poltrona levando com ela o campo de girassóis. Antes de sair, o último lembrete:

— Não esquece dos horários, tá? Eu sou muito rígida quanto a isso.

Tomei um banho rápido de chuveiro — a ordem era economizar água — e saí pra dar uma volta. Eu queria ver gente, olhar vitrines, fazer umas comprinhas. Velhos hábitos que persistem. Quanto tempo vai levar para que eu entenda que estou no miserê e não posso mais sair por aí gastando dinheiro à toa? Um passo em falso e eu chego ao zero absoluto. Justamente por isso paguei o hotel adiantado. Tenho medo de mim.

Na praça Santa Isabel parei embaixo da estátua do Duque de Caxias. Quando pequena eu ficava encantada com esse homem tão grande montado num cavalo tão alto. Eu me imaginava no colo do Duque de Caixas olhando a cidade lá de cima. Depois fui até a avenida Rio Branco, entrei numa loja de frutas e pedi um suco de laranja com beterraba. O mundo se acabando lá fora, mendigos mijando na rua, meninos fumando crack e eu ali, encantada com a cor do suco.

Na volta, entrei na loja de produtos religiosos ao lado do hotel. Os corredores eram tão atravancados de velas, barcos, imagens de tamanhos variados, garrafas de cachaça, de champanhe, ervas, incensos e patuás que mal dava pra caminhar entre eles. Será que eu não encontraria ali um santo que me protegesse, um chá que clareasse minhas ideias e abrisse meu caminho, que me dissesse o que fazer da vida? Um mulato alto e forte vestido de branco com um turbante verde na cabeça e dezenas de guias no pescoço se aproximou, pegou no meu braço e falou:

— Vamos?

Olhei assustada sem saber o que fazer. Quem é esse camarada que quer me levar sei lá pra onde? Foi quando a mocinha do caixa percebeu o engano e avisou:

— É aquela ali, pai — apontando uma outra mulher encostada no balcão.

Ele pediu desculpas, pegou-a pelo braço e sumiu com ela lá pra dentro.

— Ele é pai de santo? — perguntei. — Como ele chama?

— Pai Lauro de Oxóssi.

Eu já fui a todo tipo de adivinho. Tarô, baralho cigano, quiromancia, leitura de borra de café, iridóloga. Essa também fazia emagrecer. Me deu uma dieta maluca com base no mapa das minhas íris. No começo do ano, um astrólogo falou que este seria o melhor ano da minha vida. Se este é o melhor, eu não quero estar viva pro pior.

— Ele joga búzios? Quanto ele cobra?

— Trinta reais. Aceita cheque pré. Se precisar fazer algum trabalho, ele cobra à parte.

— Que tipo de trabalho?

— De amarração, de levante, pra espantar mau-olhado, tirar encosto, abrir caminho, depende da necessidade.

E agora, qual era a minha necessidade? O que eu pediria ao pai de santo? Pro César voltar a ser o homem amoroso e apaixonado que ele foi um dia? Pro César me deixar em paz e sumir da minha vida de uma vez por todas? Peço um novo amor, alguém que me ame e que me faça feliz? Eu mereço uma segunda chance? O meu mal tem cura?

— A senhora quer marcar uma consulta?

— Eu volto outra hora, obrigada.

Quando cheguei no hotel, Ritinha assistia novela ao lado de Leão, que estava irreconhecível naquela calça preta, sapato de verniz, camisa branca e paletó de veludo bordô. Parecia outro homem. Nada daquele verme macilento que eu conhecera. Estava barbeado, perfumado e com a peruca exatamente no lugar. Minha vontade era comentar a radical transformação, mas fiquei sem saber se devia. Ritinha fez o favor de esclarecer:

— Ele toca piano na boate.

De segunda a sexta, Leão subia ao palco do Traviata pra fazer o que mais gostava na vida. Ele era um músico da noite das antigas, apaixonado pelo que fazia. Percebendo que eu atrapalhava a novela, saí de fininho e fui esperar o jantar no meu quarto. A paisagem agora era outra. Escuridão total. Os prédios vizinhos eram todos comerciais. No final do expediente as pessoas apagavam as luzes e iam embora pra casa. Por aqui só ficavam os que não tinham pra onde ir, as prostitutas, os traficantes, os loucos, os bêbados, as mulheres que abandonaram seus maridos e os pianistas de boate que usam peruca. O que ninguém sabe é que no meio da escuridão tem gente vendo novela e cheiro de sopa no ar. Acabei cochilando e de novo acordei com alguém batendo na minha porta. Era Divino, com medo que eu perdesse o jantar. Quase não o reconheci à paisana, de camiseta, bermuda e chinelão. Pelo jeito, tinha dado tudo certo. Convidei-o para entrar. Ele sentou na poltrona e me contou tudo desde o começo.

— Fui até à estação da Luz e peguei o metrô. Em vinte minutos eu estava lá. O pessoal é legal. Uma turma jovem. Fui muito bem recebido. Acho que vamos nos dar bem. O serviço também não tem problema. Eu conheço bem a rotina de agência: captar clientes, aumentar a carteira de financiamento, incrementar a poupança, trazer novos investidores.

— Você deve ser o orgulho do banco.

— Eu procuro fazer o melhor que posso. E gosto do que faço. Mas você está sendo irônica e me chamando de babaca, certo?

— Um babaca bem esperto pro meu gosto.

Quando descemos, o refeitório estava lotado. Finalmente eu ia conhecer os outros hóspedes. Na mesa mais ao fundo, perto da cozinha, estavam Leão e Genésia. Ritinha e a mãe estavam próximas à janela. Na primeira à direita, perto da porta, dois mulatos fortes e bonitos.

— Você não é o pai de santo? — perguntei.

— Sou sim.

O outro era mais magro, tinha a cabeça raspada e um brinco enorme de argola na orelha. Ao nos ver chegar, Genésia anunciou:

— Pessoal, esse é o Divino, o meu amigo do Rio de Janeiro que agora vai morar aqui. E essa é a Renata, uma amiga dele.

Acenamos para todos e sentamos na única mesa vaga que restava. No jantar, o filé de frango deu lugar a uma deliciosa carne de panela. O resto era igual. Logo Ritinha abandonou o prato e ficou nos rodeando.

— O que é isso? — perguntei, apontando um esparadrapo no seu braço.

— Eu fui tirar sangue no hospital. Vou ser operada do coração. Meu coração é muito fraquinho — ela disse, fazendo cara de fraquinha — e precisa ficar bem forte. — Esticou os braços pra mostrar quão forte ele precisava ficar.

— Ela vai colocar uma válvula no coração. Nasceu com um defeito congênito — explicou a mãe. — Quase todo mês a gente vem pra cá. Ela se trata com os médicos do Hospital das Clínicas. Mas agora, graças a Deus, a operação está marcada.

Estávamos no doce de banana quando entrou no refeitório uma mulata baixinha, gordinha, de cabelo alisado em ondas, vestindo um discreto tailleur azul-bebê, camisa branca e lencinho no pescoço. Uma moça antiga e triste. Ao vê-la, Divino se levantou e correu para abraçá-la. Ficamos em silêncio assistindo à comovente explosão de sentimentos. Ele pegou-a pela mão e trouxe para sentar na nossa mesa.

— Jurema, essa é Renata, uma amiga minha.

Jurema estendeu a mão gelada e trêmula ainda com os olhos marejados.

Genésia trouxe mais um prato e fez as apresentações.

— Ela é minha irmã.

Os dois conversavam animadamente sem nem olhar pra minha cara. Comecei a me sentir carta fora do baralho. Pedi licença e saí. Eu estava atrapalhando a conversa dos dois. "Fiquem à vontade." Sentei no sofá da recepção e tentei ouvir o Jornal Nacional, mas a risada deles era tão alta que eu não conseguia. Ei, dá pra calar a boca? Não, não dava. Eles me devem uma explicação. Leão passou por mim e deu boa--noite. Estava na hora de pegar no batente. Lá ia ele para o seu segundo emprego. Ele me parecia tão triste e sozinho. Talvez minha presença o alegrasse um pouco.

— Qualquer dia eu vou lá te ouvir tocar. Adoro piano.

Será que o César já chegou em casa? Será que ele reparou que eu não estou, que não estarei nunca mais? Até quando ele achou que eu ia aguentar? Ele não acredita que eu posso recomeçar minha vida sozinha, longe dele. Tá vendo essas coisas em cima da mesinha? Pois é, eu deixei tudo aí: celular, cartões de crédito, talões de cheque, agenda... No quarto estão as roupas de grife que você me deu, os sapatos, as joias. Peguei só aquele dinheiro que você deixava na escrivaninha e vim pra São Paulo. Você não ia acreditar se me visse aqui, sentada nesse sofá rasgado com essas pessoas, ao lado de uma menina doente. Não sei o que vai ser da minha vida daqui pra frente, mas gostaria que ela fosse assim. Não quero ver a sua cara na minha frente nunca mais. Pro Rio eu não volto. Eu tinha esquecido como a vida pode ser simples.

Renatinha, querida, não seja boba. Eu tô vendo suas coisas aqui em cima da mesinha. Quanto tempo você acha que aguenta sem dinheiro, sem suas roupas, seu cabeleireiro, seus cremes, sua academia. Fica aí o tempo que você quiser. Descansa. Esfria a cabeça. Eu estarei aqui de braços abertos quando você voltar. Tô acompanhando seus passos. Vi quando você deixou a chave com o porteiro falando que ia embora pra sempre, vi quando você pegou um táxi e foi correndo pro aeroporto, você nem sabia que não tinha mais voo pra São Paulo. Vi quando você comprou uma revista e se ajeitou na cadeira disposta a passar a noite ali. Deixar nossa cama quentinha pra dormir numa cadeira de aeroporto... Faça-me o favor. Eu entendo. Você está muito puta comigo. Eu pisei na bola feio dessa vez, mas você já perdoou coisa pior. Se quiser, eu peço perdão de joelhos, mas volta pra casa pra gente conversar. Você sabe que é a mulher da minha vida. Você me faz tão feliz. Não fica assim, querida, por favor. Esquece isso e volta pra mim.

Divino e Jurema entraram na sala combinando alguma coisa para o dia seguinte que eu nem quis saber. Ali mesmo ela deu boa-noite e subiu. Ele sentou ao meu lado. Como nem dei bola e continuei vendo televisão, logo ele também deu boa-noite e se foi.

— Amanhã tenho que acordar cedo.

Olhei para o homem que tinha me trazido ao novo mundo e lhe dei um abraço.

— Muito obrigada.

— Ora essa, por quê? — ele respondeu encabulado.

— Você é Divino. Divino Maravilhoso.

De vez em quando me dá esses rompantes. Tenho medo que a pessoa morra sem saber o quanto eu lhe quero bem. Divino ficou atônito, sem entender o porquê da inesperada explosão. Antigamente eu ainda acrescentava: "você não pode morrer sem saber que eu gosto muito de você", ou "você

foi muito importante pra mim em tal ou qual situação...".
"Lamento informar, mas eu não pretendo morrer tão cedo."
De fato, nunca aconteceu de nenhuma delas morrer. Depois
que ele se foi desliguei a televisão e subi pro meu quarto.
Quando o César viajava, eu ficava com a cama inteira
só pra mim. Agora é como se ele estivesse viajando pra sempre. Nunca mais vou ter um homem encostando no meu corpo, respirando no meu cangote, me abraçando, beijando meu
pescoço, trepando comigo. No começo, o sexo entre nós era
maravilhoso. Até que começaram as aventuras e, pra mim, só
sobrava o bagaço. Ele chegava no osso. O César sabe como
ninguém fazer uma mulher feliz, e infeliz, na cama. Um grandíssimo filho da puta.

Eu estava quase dormindo quando ouvi gritos no quarto ao lado. Seria Genésia? Jurema? A mãe da Ritinha? Saí no
corredor e bati na porta. Deise abriu com a filha desacordada nos braços.

— É a convulsão. Dessa vez tá demorando pra voltar.

— Vamos chamar alguém — falei sem saber direito o
que fazer.

— Não precisa, daqui a pouco passa.

— Ela tem sempre isso?

— Olha, tá voltando, não falei? Eu me assusto à toa.

Ritinha abriu os olhos como quem acorda de um longo
sono, sem saber onde estava. A mãe deu graças a Deus e apertou-a contra o peito. Depois colocou-a na cama e sentou-se
ao lado, sorrindo. Sentei do outro lado.

— Você só tem ela?

— Não, eu tenho mais dois meninos que estão com o pai
lá em Tatuí. O Ramirinho e o Gerson. Um de treze, outro de
dez. A Ritinha é a caçula. Ela vai fazer sete o mês que vem.
Meu marido tem um ferro velho e cata papel, garrafa, móveis
pela cidade. Eu faço salgadinho pra fora. Quando venho pra
cá, a gente fica mais apertado. Os meninos estudam de manhã e à tarde eles ajudam o pai, e me ajudam.

— A vida não é fácil pra ninguém.

— Não, não é.

Deixei as duas brincando e voltei para o meu quarto pensando nos filhos que não tive. César já tinha dois com a Margô, não queria saber de mais nenhum. Fiz aborto nas duas vezes que engravidei. De livre e espontânea vontade. Quanto menos coisa pra carregar, melhor. Na hora de ir embora é só pegar a bolsa e sair.

Terça-feira

Acordei com o cheiro de café coado, enfiei o moletom e desci para o refeitório morta de fome. O dia estava quase frio e azul-turquesa, como eu gosto. Pra quem acorda há dez anos com o sol da Guanabara queimando os miolos, essas manhãs paulistanas são um bálsamo. Um único hóspede, o rapaz mulato de brinco de argola, tomava café.

— Posso sentar aqui? — perguntei, sem lhe dar chance de dizer não. — Qual é o seu nome?

— Meu nome é José Maria, mas pode me chamar de Zema, que eu tô mais acostumado.

Ao me ver, Genésia trouxe café, leite, dois pãezinhos, margarina e uma laranja.

— Essa noite a Ritinha teve uma convulsão. Você ouviu os gritos da Deise?

— Depois que eu pego no sono, não tem quem me acorde. De vez em quando ela tem isso — Zema falou, sem nenhum espanto.

— Você trabalha por aqui?

— Sou figurinista numa loja da rua São Caetano.

— Você desenha vestido de noiva? Eu tenho paixão por vestido de noiva.

— Você é casada?

— Fui. Quer dizer, morei dez anos com meu marido mas não éramos casados. Minha maior frustração é nunca ter usado vestido de noiva.

— Casamento sem vestido de noiva não é casamento. Faz tempo que você se separou? — ele perguntou enquanto mergulhava o pão no café com leite borrando o líquido de gordura.

— Não. Dois dias. Mas você tem razão. Casamento de verdade tem vestido de noiva, igreja, padrinho, festa, bolo. O meu não teve nada disso.

Um perfume de limão anunciou antecipadamente a chegada de Divino. Ele vestia uma calça marrom com pregas na cintura que o deixava ainda mais gordo e uma camisa cor de abóbora de mangas compridas. Vê-se que é sozinho. Que mulher deixaria o marido sair desse jeito?

— Cadê o terno? — perguntei, com ares de esposa.

Esse trabalho, César nunca me deu. Ele tem bom gosto e se veste muito bem. Não erra nunca, nem na qualidade nem nas combinações. Do traje mais informal ao rigor absoluto, ele está sempre impecável. Quando viajávamos, suas malas eram muito maiores que as minhas e, na volta, o excesso de peso era sempre dele. Ele compra tudo lá fora. Divino também não tinha ouvido barulho nenhum durante a noite. Será que eu sonhei? Genésia lhe trouxe o café e um recado:

— A Jurema falou que te pega na agência pra vocês almoçarem.

— Vocês são namorados? — perguntei, querendo esclarecer a situação. Fosse ou não fosse, era melhor saber logo, antes que a minha irritação com a tal Jurema chegasse a níveis insuportáveis. Eu estava me sentindo dona do Divino. Queria saber qual de nós duas era a outra.

— Imagina! — ele respondeu ensaiando um sorriso. — Nos conhecemos há mais de trinta anos. A Jurema é uma amiga muito querida.

Conheço essa história. O César também vivia cercado de amigas queridas, dessas que deixam recados no celular, beijinhos, chamam pra almoçar, trazem lembrancinhas das viagens, mandam cartões postais. Um bando de vadias, isso sim. Como de hábito, Divino pediu licença e foi escovar os dentes. Ele era incapaz de fazer isso sem anunciar. Esperei-o na recepção e saímos juntos.

Se o César me visse andando na rua com esse moletom era capaz de fingir que não me conhecia. Até pouco tempo eu morava num lindo apartamento no Flamengo, usava roupas caríssimas, dirigia carro importado, frequentava academia, ia a ótimos restaurantes, salões de cabeleireiro. Hoje pareço uma mendiga andando à toa pelo centro da cidade.

Os moradores de rua passam em bando revirando os sacos de lixo que se amontoam sobre as calçadas, pegando o pouco que ainda presta: uma roupa, uma coxa de frango, um cobertor velho. A família inteira senta ao redor e faz a cata. Em seguida vêm os cachorros e finalmente os ratos. Cada um escolhe conforme a preferência e a necessidade.

* * *

Um dia, no começo do nosso romance, eu estava com tanta saudade do César, a gente tinha brigado feio, terminado pra sempre. Fiquei tão desesperada que peguei um avião e fui pro Rio de Janeiro. Quando cheguei, liguei do aeroporto. Em quinze minutos ele apareceu.

— Sua doida.

— Não aguentava mais. Eu não vivo sem você.

Ele me levou para um motel e nós trepamos a tarde inteira. Foi nesse dia que ele decidiu que eu deveria mudar pra lá.

— As coisas vão melhorar, você vai ver.

Em uma semana eu estava instalada num flat em Copacabana. Ele cuidou de tudo, da venda do meu apartamento, da mudança, de todas as despesas. Realmente, as coisas melhoraram muito. Nós nos víamos todos os dias, almoçávamos juntos, íamos a bares depois do expediente, boates, cinema. Tudo ia às mil maravilhas até o dia em que o sogro do César nos pegou aos beijos num restaurante. Dr. Homero odiava o genro garanhão e não via a hora de ver a filha longe dele. Finalmente a oportunidade tão esperada estava ali, ao alcance da sua mão. O velho mirou e acertou em cheio um murro no meio da cara do César. Ele enxugou o sangue que escorria do nariz e permaneceu de cabeça baixa enquanto o sogro vociferava pra quem quisesse ouvir.

Margô estava cansada de saber das puladas de cerca do marido, das mentiras, das mil mulheres que ele tinha, mas ficava na moita. Esse era o jeito que eles encontraram de viver. Cada um fazendo o que queria. Ele, transando com quem cruzasse o seu caminho, ela viajando, gastando o dinheiro dele e vivendo com toda a mordomia. Era muito dinheiro fora do país, muito caixa dois, muitos imóveis pra dividir. Melhor deixar tudo como está. Mas o pai a obrigou a reagir e Margô achou melhor posar de esposa ofendida e humilhada. Exigiu divórcio e arrancou-lhe uma pensão milionária pra cuidar dos pimpolhos.

Pensando numa forma de sair da encrenca com o menor dano possível, César chamou a imprensa e assumiu publicamente o romance com a paulista que lhe roubara o coração. "Nós estamos apaixonados e pretendemos nos casar em breve." Sua estratégia revelou-se perfeita. A sociedade carioca se comoveu com aquela paixão repentina do doutor quarentão pela morena deslumbrante de vinte e seis aninhos. Me receberam com tapete vermelho. O próximo passo foi comprar um apartamento no Flamengo, mobiliá-lo como se deve e organizar a festa de casamento para quinhentas pessoas. Hípica lotada, bufê maravilhoso, lua de mel em Cancun. Tudo exaustivamente registrado pelas revistas de celebridades. A nova senhora César Medeiros tinha o Pão de Açúcar na sua janela, um armário lotado de roupas caríssimas, hora marcada nos melhores cabeleireiros, ia a festas deslumbrantes, viajava pelo mundo todo e, como se não bastasse, tinha o melhor dos maridos aos seus pés. Ou quase. Eu sabia que o César só estava comigo porque foi posto pra fora de casa. Se a

Margô não tivesse sido obrigada a expulsá-lo, ele estaria ao lado dela até hoje e eu seria a amante do flat de Copacabana. Não contente com a grana que ganhou, Margô se viu no direito de fazer da minha vida um inferno. Ela me odiava por eu ter posto abaixo o seu coreto e ligava dez vezes por dia pra casa ou para o escritório do César com uma lista imensa de tarefas pra ele cumprir. Ocupadíssimo, o pai incumbia a madrasta de cumpri-las. Virei babá e motorista dos pirralhos. Pegava na escola, levava pro dentista, ia com eles ao cinema, médico, festinhas, lanchonete. Até ao futebol eu levava quando nem o pai nem a mãe estavam disponíveis. E o pior é que por mais que eu fizesse, eles nunca estavam satisfeitos. Minha vontade era falar: "esqueçam o papai. O pai de vocês agora é meu, ouviram bem? Façam de conta que o papai morreu e parem de encher o meu saco". Mas nunca falei, nunquinha. Fazia tudo de boca fechada. Graças a mim, o César se tornou o melhor pai do mundo, um pai como ele nunca foi.

* * *

Na volta para o hotel entrei de novo na loja de umbanda. Quem sabe agora o pai de santo me atendesse. A moça do caixa me disse que de manhã ele não trabalhava.

— Pai Lauro só chega depois das duas.

— Ele tem outro emprego?

— De manhã ele trabalha no fórum.

— O pai de santo é advogado?

— Não. Ele é copeiro. Serve café para os advogados.

— Eu volto mais tarde.

Avistei Genésia na outra calçada, arcada com o peso das sacolas que carregava. Atravessei a rua e fui ao seu encontro. Ajudei-a a subir com as compras. Colocamos tudo sobre a mesa da cozinha. Em troca, ela me ofereceu um suco. Sentei-me num banquinho enquanto ela espremia as laranjas.

— Faz tempo que você tem esse hotel?

— Desde que eu vim para São Paulo, há vinte e dois anos. Eu nasci e me criei em Vila Isabel.

— Foi lá que você e o Divino se conheceram?

— Isso mesmo. Morávamos na mesma rua desde pequenos. Crescemos juntos, estudamos no mesmo colégio, íamos juntos a bailinhos, aos ensaios da escola de samba. Sempre fomos grudados, eu, ele e a Jurema.

— E por que você veio pra cá?

— Porque o Leão era de São Paulo e aqui tinha mais oportunidades. Mas quem veio primeiro foi a Jurema. Quando nós viemos, ela já morava nesse mesmo hotel. Na época ele estava caindo aos pedaços. Os antigos donos iam demolir e vender o terreno. Eu gostei daqui, gostei do lugar, peguei umas economias que eu tinha e comprei o imóvel. Fui reformando aos poucos. Ainda falta muita coisa mas devagar eu chego lá.

— Vocês não têm filhos?

— Eu tenho sim! A Berê. Uma cavalona de um metro e noventa. Ela joga basquete profissional no Pinheiros. Tá cotada pra seleção! A danada vive viajando. Agora mesmo, tá na Espanha. Chega no fim de semana. Se você estiver aqui, vai conhecê-la. Ela é o maior barato. Puxou ao pai. Ele também era altíssimo.

— Ela não é filha do Leão?

— Ela é filha do meu primeiro casamento. Eu sou viúva. O pai da Berê morreu quando ela tinha um aninho. Era um negão forte, sacudido, baterista da escola de samba, líder de comunidade, show de bola. Chamava Bocão, quer dizer, o apelido, né? Todo mundo só conhecia ele por Bocão. Nós tínhamos um bar na esquina de casa. Eu trabalhava na cozinha, ele cuidava do resto. Um dia ele foi apartar uma briga, o cara tava armado, ele levou um tiro no coração. Na besteira. A briga nem era com ele. Depois disso, minha vida virou de ponta cabeça. Sem marido, com uma filha pra criar e um bar pra tomar conta. Se não fosse o Divino, não sei o que teria sido. O que esse homem me ajudou... De dia ele trabalhava no banco, de noite, ficava com a Berê pra eu trabalhar. Sábado e domingo ele encostava a barriga no balcão enquanto eu preparava feijoada para um mundaréu de gente. A Berê é doida por ele. Ele é o padrinho dela. Quero só ver a alegria quando ela encontrar o Divino aqui.

— Onde ela mora?

— Ela mora num baita apartamento nos Jardins. Com a técnica do time. As duas estão juntas há mais de quatro anos e se dão superbem. Modernidade, minha filha. Quer saber? É o casamento que mais deu certo que eu conheço. Mas não é por isso que a Berê está no time, não. Ela foi contratada bem antes. — Genésia olhou as horas e encerrou a conversa no mesmo instante.

— Xô, xô! Fora daqui que eu tô superatrasada. Se eu não correr, ninguém almoça.

— Eu posso te ajudar.

— Chispa — ela disse me empurrando porta afora.

Ritinha pulava amarelinha no corredor. Os buracos do carpete eram as casas onde ela jogava a pedrinha e saltava. Ao vê-la toda arrumada, de fivelinha no cabelo, perguntei aonde ia.

— Vou tirar sangue no hospital.

— Posso ir junto?

— Lá é chato. Você não vai gostar.

— Mas eu não tenho nada pra fazer.

— Mãe — ela gritou para Deise que estava no quarto —, a Renata pode ir com a gente no hospital?

Deise pôs a cabeça pra fora pra ver se a filha não estava inventando.

— Você quer ir?

— Quero. Não tenho nada pra fazer.

— Tudo bem. Depois do almoço a gente vai.

O cardápio do dia era arroz, feijão, bife acebolado, abobrinha refogada e salada.

* * *

Às treze horas em ponto Jurema ligou para Divino, combinando o almoço. Ela trabalha no ambulatório da Beneficência Portuguesa como auxiliar de enfermagem. Era só subir a Fernão Cardim e estava na agência do Divino. Quando chegou na Paulista, seu coração acelerou. Não pelo esforço físico, ela subia esse trecho todo dia sem dificuldade, mas pela emoção do encontro. "A sós, finalmente." Ela amava tanto esse homem, há tanto tempo, que atribuiu a vinda de Divino para São Paulo a um milagre de Nossa Senhora Aparecida. "Finalmente a padroeira me ouviu." Desde menina nunca se imaginou nos braços de outro, beijando outra boca, dormindo ao lado de outro homem que não ele. Na meninice até ensaiaram um namorico que não foi pra frente. Divino tentou, mas nunca se apaixonou por ela.

— Eu não posso continuar te iludindo. Em nome da nossa amizade, é melhor pararmos por aqui. Você precisa encontrar alguém que te ame como você merece.

— Eu não quero ninguém, eu quero você.

Jurema ficou doente de tristeza. Aos dezoito anos deitou na cama e disse que só sairia morta. A dor de ser rejeitada pelo grande amor de sua vida na certa a mataria. Não matou. Jurema continua amando Divino e esperando por ele até hoje, o que resulta pior do que a morte.

Logo depois, ela fez um curso para auxiliar de enfermagem e mudou-se para São Paulo. Foi aprovada com louvor. Uma vida inteira dentro de hospitais. "Quem sabe agora, depois de tantos anos... Divino também nunca encontrou ninguém, continua sozinho... Com tanta cidade por aí, por que ele veio justo pra cá? Será que ele chegou à conclusão que me ama e quer ficar comigo? É bom eu não me animar muito e ir devagar com o andor. Afinal, é só um almoço. O primeiro de muitos, se Deus quiser."

Eles foram a pé ao restaurante árabe ali perto. Não tinham muito tempo. Jurema estava feliz e ria à toa, atropelando as palavras, os casos que tinha guardado esses anos todos pra contar. Divino encantava-se com a cidade, com as pessoas, com a amiga ao seu lado.

— O que você vai querer? — Ela disse tomando a iniciativa. — Eles têm um executivo muito bom. Eu venho sempre aqui.

— O que você escolher, pra mim, tá bom — Divino confiava no gosto de Jurema.

Quantas vezes ela não almoçou nessa mesma mesa imaginando Divino sentado na sua frente, comentando com ele fatos do trabalho, do cotidiano da cidade, vendo-o molhar o pão no azeite como ele fazia agora, olhando a mão dele sobre a mesa e tendo muita vontade de pegá-la. Quase. Nas suas fantasias, o seu amor era plenamente correspondido. Os dois se casavam, alugavam um apartamento por ali e eram felizes para sempre. "Valeu a pena esperar. Um amor realizado compensa uma vida inteira." Mas agora que ele estava ali de verdade, cadê coragem pra pegar a mão dele e ir em frente? Quase.

— A comida deles é boa mesmo — Divino dizia, de boca cheia.

Ele estava eufórico com o primeiro dia de trabalho. Tinha dado tudo certo na agência, "o pessoal é legal, o serviço eu conheço bem", mas não era isso que Jurema queria ouvir. De repente, ele olhou o relógio e levou um susto. Chamou o garçom, pediu um café e a conta.

— Aquela moça que veio do Rio com você é sua namorada? — Jurema não podia perder a oportunidade.

— A Renata? Imagina. A gente se conheceu no avião.

— Eu pensei que fosse há mais tempo. Vocês parecem tão amigos.

— Ela é bem bacana mas não é minha namorada.

— Você está sozinho?

— Como sempre. Sou um solteirão convicto. E você?

— Eu sou uma solteirona, sem muita convicção. Ainda espero encontrar um companheiro e viver um grande amor.

— Quem não espera?

— Pensei que você fosse feliz sozinho.

— E sou. Mas dizer que eu recusaria uma linda história de amor é mentira. Só que isso é tão difícil que eu prefiro ficar na minha. Vamos? — ele disse, erguendo-se da cadeira.

Jurema ficou com a boca cheia de perguntas. Com Divino morando em São Paulo, tão perto dela, não faltariam oportunidades. Era só esperar a hora certa.

* * *

Quando dei sinal para o táxi, Deise puxou meu braço com violência.

— Nada disso. Nós vamos de ônibus.

— Eu pago, pode deixar.

Ritinha foi na janela ventando de felicidade, narrando tudo que via, dando tchau pra todo mundo. Eu tenho que parar com essa mania de táxi. Nem me lembro quando foi que andei de ônibus pela última vez, deve ter sido aqui. No Rio eu só andava de carro ou táxi. Minha gasolina está acabando e o pior é que eu não sei como vou fazer pra reabastecer o tanque. O César me acostumou mal. Preciso descobrir urgentemente ou morrerei de fome. Será que sou capaz de viver por conta própria? Quanto custa viver em São Paulo? Não faço a menor ideia. Tive tudo na mão nos últimos dez anos sem precisar pagar nada por isso. Quer dizer, pagar eu pagava mas de outra forma.

As escadas e os corredores do hospital estavam tomados por uma multidão de doentes pobres e fedidos. Os elevadores parados, em manutenção. Deise e Ritinha iam abrindo caminho com os cotovelos, elas conheciam tudo por ali. Segurei com força na mão delas pra não me perder nem ser deixada pra trás. Ritinha distribuía beijos aos médicos, enfermeiras e ajudantes em geral. Ela sabia exatamente em que sala entrar, em que cadeira sentar e onde estender o braço. Esperou quietinha a enfermeira chegar, amarrar o torniquete e enfiar a agulha no filete violeta que corria por baixo da pele transparente. Eu desmaiei. Acordei com as duas me abanando e rindo da minha cara.

— Eu sou mais corajosa que você — disse a menina toda prosa.

— Claro que é.

Descemos até o segundo andar, onde ficavam os consultórios. Tive que esperar do lado de fora porque no cubículo onde o médico atendia não cabiam quatro pessoas. O médico era um rapaz forte e bonitão.

— Então, gatinha, esta é sua última consulta. Agora só nos vemos na mesa de operação. Na sexta à tarde você se interna e no sábado de manhã entra na faca.

Ritinha morreu de rir.

Antes de voltarmos para o hotel, entrei numa lanchonete e falei pra elas pedirem o que quisessem.

— Até quanto? — Ritinha perguntou.

— Até quanto você quiser.

Milk-shake, hambúrguer, batata frita, torta de banana. Pra mim só um café expresso. Eu ainda estava um pouco zonza. Ritinha voltou dormindo no colo da mãe com o barrigão estufado. No hotel, Leão assistia televisão todo engalonado.

— Hoje eu vou te ouvir tocar — falei na esperança de vê-lo feliz.

Sempre essa mania de achar que a felicidade das pessoas depende de mim. Com César era a mesma coisa. Eu ficava buscando a palavra mais apropriada, o gesto, o assunto que o fizesse esquecer os contratempos e as contrariedades do dia. Eu queria ver o meu homem feliz. Quando ele finalmente abria a gravata e sorria, eu respirava aliviada.

Apesar do problema de abastecimento de água na região — motivo do racionamento recomendado —, abri a torneira e enchi a banheira até a borda. Só hoje, prometo. Pena que não trouxe meus sais. Seria divertido usá-los neste fim de mundo. Será que fechei o gás? Será que deixei alguma torneira aberta? E as janelas? Ainda outro dia reformei o piso inteiro do apartamento achando que moraria lá para sempre. A gente não sabe nada da vida. A essa altura o César já percebeu que eu não estou. Duvido que pense que é pra sempre. Se ele me visse nessa banheira ia morrer de rir.

Renatinha, querida, acha que é fácil voltar a ser gata borralheira? Para com essa bobagem de querer ser pobre e volta pra casa. Eu tô te esperando. Prometo não brigar com você por esse sumiço fora de propósito. A gente precisa conversar. Até quando você pretende ficar aí? Eu te peço perdão, meu amor. Tô com muita saudade. Não vivo sem você. Olha a bagunça que tá nosso apartamento. É horrível chegar em casa e encontrar tudo escuro, em silêncio. Você sempre cuidou de tudo tão bem. Uma excelente dona de casa. Os jantares, os coquetéis. Você tem um talento nato pra essas coisas. Até parece que nasceu em berço de ouro. Você é a puta mais fina que eu conheci. Você tem razão de estar magoada. Eu sou uma besta humana que tem o pau na cabeça. Perdão. Juro que daqui pra frente tudo vai ser diferente. Eu aqui, abandonado, e você passeando no Hospital das Clínicas. O que está acontecendo? Que menina é essa que você levou para o hospital? O que que ela tem que eu não tenho? Volta logo, antes que eu canse de esperar e vá aí te buscar.

O banho estava tão bom que eu cochilei na banheira. Acordei com alguém batendo na porta. Me enrolei na toalha e fui abrir. Era Divino no seu traje esportivo. Ele entrou e esperou sentado na poltrona enquanto eu me vestia no banheiro. Contei-lhe do Hospital das Clínicas, do desmaio. Ele morreu de rir. "Que programão!" Ele me contou da agência nova, dos novos colegas, da estratégia que pretende adotar para atingir as metas do novo conceito de gerenciamento. "Coisa de primeiro mundo!" Ao me ver na porta do banheiro com meu pretinho básico, arregalou os olhos.

— Pena que eu não trouxe meu colar de pérolas — lamentei no espelho do guarda-roupa. — Vou ao Traviata ver o Leão tocar.

A gargalhada veio num estrondo.

— Você está achando que é uma boate do Leblon?

— Pelo amor de Deus, um vestidinho sem nada de mais. Quer ir também?

— Imagina! Eu trabalho. Não posso me dar ao luxo de ir à boate em plena terça-feira.

— Você está me chamando de vagabunda?

— Não. Estou dizendo que isso é um luxo pra quem pode, não pra quem quer. Eu tô é morto de inveja.

No refeitório, fui recebida com aplausos e fius-fius. Zema me fez dar uma voltinha.

— Nada como uma mulher chique.

Convidei ele e o Lauro para irem comigo, mas ninguém topou. Pelo jeito, eu sou a única desocupada por aqui.

— Quando vou ao Traviata saio com vontade de cortar os pulsos. Só toca música de fossa — disse o pai de santo. — Se você quiser ir num lugar mais animado, eu te acompanho.

— Imagina se uma mulher fina como ela vai querer ir nos lugares que você frequenta — repreendeu Zema.

— Ora essa, por que não?

Eles discutiam o meu destino quando Jurema apareceu. Olhou pro Divino, deu um boa-noite geral e saiu. Genésia ainda tentou detê-la.

— Você não vai jantar? Fiz carne de panela com molho de cerveja preta, receita da Ana Maria Braga. Tá uma delícia.

— Vou tomar banho, depois eu desço.

Nada da alegria de ontem, do abraço efusivo, da emoção.

— Vocês almoçaram juntos? — perguntei.

— Almoçamos.

— E aí?

— Aí, o quê?

— Ela me pareceu tão triste.

— A Jurema é assim mesmo.

— Ela gosta de você?

— Acho que sim. Infelizmente, não posso fazer nada por ela.

— Ai que dó.

Depois da sobremesa, despedi-me de todo mundo e desci a escada me equilibrando no sapatinho de cristal. A carruagem de abóbora estava a minha espera.

— Leva a chave — disse Genésia —, quando você voltar eu vou estar dormindo.

No final dos anos 50, o Traviata teve seus dias de glória. Os grã-finos da cidade vinham aqui ouvir Maysa, Agostinho dos Santos, Tito Madi, Dóris Monteiro, Claudete Soares, Dick Farney. Hoje é uma espelunca frequentada pela escória da região da Luz. O piano de cauda, as paredes espelhadas e a cortina de veludo são tudo que resta dos velhos tempos. No palco, as atrações se revezam. Cantores, mágicos, bailarinos de tango, dançarinas do ventre se apresentam por um prato de comida e umas doses de conhaque. Não é o caso de Leão, que toca por prazer. O hotel lhe garante a subsistência com boa margem de folga. Ele não vive sem a noite, o palco, essa nuvem de fumaça, os bêbados pedindo sempre as mesmas músicas. Curvado sobre o piano, executa uma das melhores interpretações de *Moon River* que já ouvi. Essa eu conheço bem, é a música tema do meu filme predileto, *Bonequinha de luxo*. Será que foi de propósito? No final da apresentação, ele agradece os poucos aplausos e vem sentar comigo. Eu me derramo em elogios que ele nem ouve. Ele chama o garçom e pede o de sempre. No palco, a odalisca barriguda começa o seu número. "O de sempre" é uma dose de Campari com uma cachaça do lado. Peço um uísque em copo baixo, com bastante gelo.

— Faz tempo que você toca nessa casa?

— Mais de vinte anos. Desde que cheguei do Rio.

— Você é carioca?

— Não. Sou paulistano do Belenzinho. Já toquei nas melhores boates dessa cidade, acompanhando muita gente famosa. Fui pro Rio quando minha mulher me abandonou. Ela fugiu com um cara pra Buenos Aires. Eu fiquei desorientado e resolvi ir embora. Eu tinha uns amigos no Rio, fui pra lá. Toquei em barzinhos na Zona Sul, mas a coisa não ia pra frente. Eu morava em Vila Isabel. Foi lá que eu conheci a Genésia.

Ele interrompe a história e acena pra morena bonita que apareceu na porta. Ela se aproxima e somos apresentados.

— Essa é minha filha.

Cecília estava toda de branco, o que me fez imaginar que era médica ou dentista.

— Sou médica, pediatra.

Ela sentou e pediu uma cerveja. E eu achando que o Leão precisava de mim. Uma filha médica, veja só.

— Ele é meu pai há três anos e meio — ela disse sorrindo. E me contou uma história incrível.

* * *

Minha mãe estava muito mal. Um câncer terrível se espalhando do pulmão para o corpo todo. A vida inteira fumando três maços por dia, não podia dar em outra coisa. Eu ia almoçar com ela diariamente, no velho casarão de Higienópolis. Um dia, ela me esperava com uma caixa de fotografias no colo. Ali estavam as únicas lembranças dos seus tempos de cantora. Mamãe chegou a fazer um relativo sucesso na década de 50. Se apresentou em programas de rádio e televisão. Infelizmente, a bossa nova pôs fim a sua carreira. As cantoras de bolerões e dor de cotovelo eram coisas do passado. Ela costumava dizer que foi atropelada pelo Barquinho. Aquelas fotos eram o que restava. Tudo mais foi pro lixo, as faixas, os troféus, as revistas com reportagens sobre Diva Dantas, a nova promessa musical de São Paulo. Nem os discos que ela chegou a gravar existiam mais. De vez em quando alguém ligava convidando para uma aparição num desses programas que adoram expor os velhos artistas ao ridículo. Mamãe os mandava à merda e dizia com sua habitual delicadeza: "Diva Dantas morreu, você não sabia?". E batia o telefone na cara do coitado. Assim que eu me sentei, ela me passou a foto de um homem que eu nunca tinha visto antes e disse que aquele era o meu pai. Pensei que fosse piada. Meu pai? Eu me lembrava perfeitamente do rosto do meu pai. Apesar de tê-lo perdido ainda menina, aos dez anos, eu sabia que o rosto da fotografia não era dele.

"Este é o seu pai verdadeiro. Ele se chama Leão Pelegrini e foi meu pianista durante muitos anos. É um doido varrido. Só sabia beber e gastar o meu dinheiro com jogo e mulheres. Esse homem fez da minha vida um inferno. Um dia seu pai apareceu na boate. Médico, bonitão, um homem muito educado, bem de vida, eu gostei dele. Sentamos pra conversar. Ele passou a ir todos os dias na boate pra me ouvir. Se apaixonou por mim. Ele queria que eu deixasse o Leão pra morar com ele mas eu não tinha coragem. Um dia ele recebeu uma proposta para trabalhar em Buenos Aires e me convidou para ir junto. Era a minha chance de sair daqui, ir para um país legal, com um homem legal, continuar cantando. Não pensei duas vezes. Deixei um bilhete pro Leão e me mandei. Depois de dois meses, minha suspeita se confirmou: eu estava grávida. Seu pai ficou muito feliz com a notícia. Claro que ele sabia que você não era filha dele mas nunca abriu a boca. Nem eu. Você é a cara do Leão sem tirar nem pôr. Nunca mais tive notícias dele, nem sei se está vivo ou morto, mas gostaria que vocês se conhecessem. Queria muito que ele soubesse que tem uma filha."

Eu tive o melhor pai do mundo e não queria saber de outro. Meu pai era um homem lindo. Alto, forte, com uma vasta cabeleira negra que eu adorava pentear com meus dedos de menina. Quando ele chegava do consultório, eu colocava ele deitado na minha cama e acariciava seu rosto, suas pálpebras fechadas cantando canções de ninar como se ele fosse meu bebê. De manhã ele me acordava, preparava meu café e me levava para a escola. Os compromissos de mamãe nunca permitiram que ela se dedicasse a sua única filha. A carreira era tudo pra ela. Ela fez mais sucesso na Argentina do que aqui. Quando aparecia na tevê, papai me chamava: "corre, Cecília, vem ver a mamãe". Eu abraçava a televisão e lambuzava a tela de beijos. Quando mamãe estava dormindo ninguém podia fazer barulho. "Ela precisa descansar", ele sussurrava no meu ouvido. De madrugada, ela chegava com os amigos que riam, cantavam e falavam alto até o sol raiar. No dia seguinte, ressaca, dor de cabeça, bolsa de gelo na testa. Papai preenchia a ausência de mamãe tão completamente que eu até preferia que ela não estivesse. Os passeios sem ela eram muito mais gostosos. Mamãe estava sempre cansada, de mau humor, implicava com todo mundo, reclamava de tudo. Ela só era feliz no palco. Em casa, era uma visita desagradável. Um dia entrou no meu quarto aos gritos:

— Cecília, acorda, seu pai morreu.

A morte levou o homem que eu mais amei nessa vida, mas também levou a minha rotina, os meus horários, as lições feitas com capricho, as leituras, os passeios, os filmes que assistíamos. Depois que ele se foi, eu que me virasse com as lições, com a comida, com a arrumação da casa, do meu quarto. Com o tempo, foi impossível continuarmos em Buenos Aires. O dinheiro que tínhamos, mamãe torrou em poucos meses. Fomos obrigadas a voltar pro Brasil e morar de favor na casa da minha avó materna, a vó Nena. Meus avós paternos eu nunca cheguei a conhecer. Eles tinham ódio da cantora que levou o filho deles para a Argentina de onde ele não voltou. Graças à vó Nena minha vida voltou a ser o que era. Ela me colocou num bom colégio e pagou meus estudos. Eu sempre quis ser médica, desde pequenininha. Pena meu pai não ter vivido pra me ver seguindo seus passos. Minha mãe abandonou de vez a carreira. Passou a vida bebendo e fumando até que o câncer a levou.

Eu tinha paixão pelo meu pai. Por isso quando minha mãe falou que aquele homem esquálido, de cara chupada, careca e de olheiras profundas era meu pai verdadeiro, eu quis morrer.

— E a senhora ainda diz que eu sou a cara dele?

Demorou para eu aceitar esse pai que caiu como um raio sobre a minha cabeça. Aos poucos a poeira foi baixando, veio a curiosidade, a vontade de saber se ele estava vivo. Por mais estranha que fosse, a ideia de ainda ter pai me trazia alguma felicidade. Tomei coragem e fui à caça do leão. Não foi difícil encontrá-lo. Ele é bastante conhecido entre o pessoal da noite. Quando entrei no Traviata pela primeira vez minhas pernas tremiam tanto que eu pensei que fosse cair. Assim que bati o olho no pianista, tive certeza que era ele. Esperei terminar a música e fui ao seu encontro. Leão apalpava os bolsos do paletó à procura de cigarro.

— Você fuma? — perguntou sem olhar pra minha cara.

Tirei o maço da bolsa e passei às suas mãos. Nunca o vício me fora tão útil. Ele tirou um e me devolveu desculpando-se.

— Não sei onde coloquei o meu.

— Pode ficar com esse, tenho outro fechado.

Sentamos numa mesa, ele chamou o garçom e pediu o de sempre. Esperei ele dar o primeiro gole e me apresentei.

— Meu nome é Cecília, eu sou filha da Diva.

— Diva? Que Diva?

— Quantas Divas você teve na vida?

Ele ficou pálido e tentou sorrir. Sua boca ficou torta e o riso paralisado. Achei que ele fosse ter um ataque.

— Como você chama? — perguntou, depois de uma longa tragada.

— Cecília — respondi pela segunda vez. — Minha mãe está muito doente. Foi ela quem me mandou aqui. Eu sou sua filha.

— Minha filha? — ele me olhou franzindo a testa e apertando os olhos. A tentativa de riso se fora.

— É. Sua filha.

Contei-lhe a história inteira desde o começo. A gravidez que mamãe escondeu, minha vida em Buenos Aires, a morte do meu outro pai, a volta para o Brasil, falei da faculdade e do câncer da minha mãe. Quando terminei, ele me fez uma única pergunta:

— Como é mesmo o seu nome?

— Cecília — respondi sem esconder minha irritação. Que raio de pai era ele que não conseguia guardar o nome da própria filha?

— Bonito nome.

Ele chamou o garçom e pediu um Campari, eu pedi outro uísque e nada mais aconteceu. Ele não ficou com os olhos cheios de lágrimas nem me apertou nos seus braços dizendo: oh, minha filha querida. Não perguntou se eu era feliz, se tinha filhos, onde eu morava, o que fazia, e sua mãe, como vai? Os olhos dela ainda são violetas? Os mais bonitos que eu conheci. Você tem comido bem? Tem namorado? Quantos anos você tem? Nem isso ele perguntou. Continuou bebendo e fumando, olhando o vazio do palco que esperava por ele. De repente levantou-se e me estendeu a mão:

— Eu tenho que fazer a segunda entrada. Apareça. Temos muito o que conversar.

— Pode deixar — paguei a conta e fui embora tranquila. Era exatamente aquilo que eu esperava dele. Na medida certa, nem mais nem menos.

Quando contei pra minha mãe, a primeira pergunta que ela me fez foi:

— Ele ainda bebe muito?

— Você quer vê-lo?

— Imagina!

— Eu posso trazê-lo aqui.

— Quem disse que ele viria?

— Ele agora usa peruca, sabia?

Ela deu risada.

Não precisei insistir muito para Leão topar ir ao seu encontro. Eu o apanhei aqui, no Traviata. Ele estava de barba feita, com uma roupa alinhada, sapato engraxado, com um ótimo perfume. Antes de entrar no carro, fez questão de certificar-se:

— Você tem certeza que ela quer me ver?

Foi emocionante vê-los juntos depois de tanto tempo. Ambos envelhecidos, arqueados, doentes. Ela estendeu-lhe a mão com a frieza de sempre mas Leão não se intimidou. Aproximou-se e beijou-lhe o rosto. Corri à cozinha e trouxe uma cerveja para pôr a cena em movimento. Depois do terceiro copo, eles já conseguiam se alfinetar com fina ironia e dar risada ao lembrar de casos antigos. Nenhuma palavra sobre tudo mais.

O almoço transcorreu num clima absurdamente familiar. Eu, meu pai e minha mãe. Uma família que se reuniu num único almoço de domingo e nunca mais. Os três se tratando com simpatia e boa vontade. Na despedida, eles prometeram não ficar tanto tempo sem se ver, promessa que nunca foi cumprida. Mamãe morreu logo depois.

Eu continuo vindo ao Traviata sempre que posso. Gosto daqui. Sento numa mesa, peço um uísque e fico escutando Leão tocar. Nunca o chamei de pai. Conversamos sobre a vida, os problemas do dia a dia, as preocupações, as alegrias. Conheci sua nova família. Gosto muito da Genésia, da Berenice, da Jurema. Felizmente, Leão encontrou pessoas maravilhosas que o ajudaram a reconstruir sua vida e lhe deram o afeto que ele merecia. Mamãe não teve a mesma sorte. Morreu triste e sozinha, uma mulher amargurada.

* * *

— Que história maravilhosa! — falei enxugando as lágrimas que corriam pelo meu rosto. — A noite passou e eu nem vi.

Quando chamei o garçom para pagar a conta, ele me disse que Leão já havia pago.

— Onde ele está?

— Já foi embora faz tempo.

Me despedi de Cecília e voltei a pé para o hotel. A rua estava tomada por travestis. Passei no meio deles me sentindo protegida dos perigos do mundo. Eles me defenderiam de qualquer coisa. Um deles me pediu dinheiro. Dei dez reais. Ele agradeceu, comovido.

— Deus abençoe, tia.

Tive vontade de mandá-lo à puta que pariu, mas era bom não abusar. Subi a escada trôpega, tirei os sapatos e me atirei na cama com o pretinho básico. Amanhã ele vai estar uma maçaroca.

Quarta-feira

Terça ou quarta, que dia é hoje? Que diferença faz, se eu não tenho nada pra fazer? Aliás, nem agenda eu tenho mais. Minha agenda ficou em cima da mesinha de centro, ao lado dos cartões de crédito, dos talões de cheque e do celular no apartamento onde morei nos últimos dez anos. Dez anos dormindo agarrada à cintura do César por medo de morrer afogada. Eu tinha sempre esse pesadelo: o mar subindo, invadindo a rua, a calçada, entrando no apartamento, encharcando os lençóis. Eu e o César morrendo afogados na nossa própria cama. Eu acordava aos gritos, levantava e ia ver se o mar ainda estava no mesmo lugar.

Acordei com uma baita dor de cabeça. O uísque do Traviata deve ser falsificado.

Que desculpa o César tem dado para justificar a minha ausência nos compromissos em que eu não tenho ido? Até quando vai durar a dor de cabeça que ele inventou pra mim?

O encanador! Era isso que eu tinha pra fazer na segunda-feira. O rapaz ficou de ver o vazamento da pia da cozinha. A essa altura, a água deve ter alagado o apartamento inteiro, descido escada abaixo, tomado a calçada e chegado ao mar. Afinal, pra que serve uma dona de casa? Pra estancar vazamentos? Prevenir catástrofes, incêndios, afogamentos? E quando a dona de casa foge pra São Paulo num domingo à noite, entre um intervalo e outro do *Fantástico*, o que acontece com a casa? Nada? Nada. A dona da casa não serve pra nada. Tudo continua igual depois que ela se vai.

Tenho que lavar esse moletom. Ele já está fedendo. As calcinhas eu lavo na pia, mas o resto não tem jeito. Daqui a pouco não tenho mais o que vestir. Será que o hotel tem serviço de lavanderia? Por via das dúvidas, desci com o moletom para o refeitório.

— Pode deixar que eu lavo sua roupa — disse Genésia.

— Cobro dez reais por semana.

— Só isso? — minha conta de lavanderia era uma fortuna. Sem contar o tintureiro para os ternos do César. — E você dá conta de lavar a roupa de todo mundo?

Ela deu risada.

— Você acha que alguém aqui tem dez reais pra me pagar pra lavar roupa?

— E o Divino?

— Já foi.

Tive vontade de perguntar com que roupa ele estava, se estava bem-vestido.

— Ele e a Jurema saíram cedinho. E você, gostou do Traviata?

— Adorei! O Leão toca divinamente. Conheci a Cecília. Um doce de pessoa.

— Além de ótima pediatra.

Ao ver Deise e Ritinha entrando no refeitório, tive uma ideia:

— Ela podia dar uma olhada na Ritinha, não podia?

— Pra quê? A menina está sendo muito bem cuidada. Os médicos do Hospital das Clínicas são ótimos.

— É sempre bom ouvir uma segunda opinião. Eu pago a consulta.

Liguei para o consultório e marquei para depois do almoço. O preço era uma exorbitância para minhas posses. Eu não sabia que os médicos metiam a faca desse jeito. Há anos quem paga minhas despesas médicas é o César. Ele tem um ótimo plano de saúde.

— A senhora tem convênio?

— Tinha, não tenho mais — como viver com tamanho desamparo? Nem doente eu posso ficar.

Aproveitei o resto de manhã e fui à Santa Ifigênia comprar um rádio. Sinto muita falta de música. Não precisava ser nada muito sofisticado. Qualquer radinho de pilha resolveria o meu problema.

Fiquei assustada com o tanto de gente que havia nas lojas, nas galerias, em volta dos camelôs. Eu era a única desocupada atrapalhando a passagem das pessoas de bem. Até as putas pegavam cedo no batente. Ficavam em grupo nas esquinas e nos botecos, esperando a freguesia. Quanto fatura uma puta hoje em dia? Quanto será que o César pagou para a vagabunda que estava com ele no motel? Será que era caso novo ou antigo? Será que era ela que ligava lá pra casa e desligava na minha cara? Com certeza.

Voltei para o hotel com um rádio-relógio que além de tocar música ainda me acorda na hora certa, caso eu precise. Não por enquanto. Eu não tenho absolutamente nada pra fazer. Mas a vida não vai ser assim pra sempre. Uma hora eu vou ter que levantar cedo pra fazer alguma coisa. Chamei Ritinha para o meu quarto e mostrei a novidade. Ela adorou. Sabia mexer no aparelho melhor do que eu. Escolheu uma estação e se pôs a rodopiar no meio do quarto, girando as margaridinhas do vestido numa encantadora ciranda amarela. Ao meio-dia em ponto descemos para o almoço de mãos dadas. Leão almoçava sozinho sentado na mesa do fundo do refeitório. Fui até lá e fiz questão de cumprimentá-lo pela beleza de execução da noite anterior. Quando ele estendeu a mão, eu beijei seus dedos finos, amarelados pela nicotina. Ele afastou o braço com cara de "que palhaçada é essa?".

O cardápio do almoço era a salada de sempre, arroz, feijão e pastel de carne. Comi três gigantescos. Assim que terminamos de almoçar, fomos até a avenida Rio Branco e pegamos um táxi.

— Que mania que você tem! A gente podia muito bem ir de ônibus.

A Deise deve achar que eu nado em dinheiro. Se duvidar, ela tem mais que eu na carteira. Quando o dinheiro acabar, vou pra calçada e volto a ser puta, mas de ônibus eu não ando.

Jurema ligou pra agência, crente que ia almoçar com Divino de novo, mas ele deu uma desculpa.

— Hoje não vai dar. Eu tô muito ocupado.

Sua alegria durou pouco. Um único almoço e ele já tratou de escapulir. A insistência de Jurema o incomodava profundamente. Divino julgou que ela o tivesse esquecido. Afinal, faz tanto tempo. Mas não. Ela ainda esperava por ele. Divino não queria magoá-la. Fazia o possível para manter-se no limite da boa educação, sem alimentar falsas esperanças. O melhor era acabar logo com essa história de almoçarem juntos. Jurema parecia um cachorro pidão esperando pelas migalhas que caiam do seu prato. É desagradável almoçar com alguém assim.

O consultório de Cecília era nos Jardins, num prédio envidraçado com elevador panorâmico, sofás estofados e tapete macio.

— Cadê todo mundo? — Ritinha perguntou.

— Médico de rico é assim — a mãe explicou —, eles atendem uma criança por vez.

— Que chato! — ela disse, mergulhando nas almofadas.

Cecília examinou-a detidamente, olhou as radiografias, os exames, os relatórios e deu o veredito:

— Ela está em ótimas mãos. Eu conheço esse médico. É um excelente cirurgião. O procedimento dele está corretíssimo. Podem ficar tranquilas.

— Não falei que você ia gastar seu dinheiro à toa?

Cecília deu risada.

— Pode deixar que eu não vou cobrar a consulta. É um presente para essa menina bonita. Vocês são amigas do Leão, da Genésia, são minhas amigas também. Deixa pra lá.

Respirei aliviada. Pra comemorar, paguei outra rodada de hambúrgueres, milk-shakes e batatas fritas. Na volta, deixei as duas no hotel e fui à loja de umbanda.

— Quero jogar búzios — pedi ao pai de santo que, por sorte, estava desocupado.

Entramos num corredor e fomos andando até sairmos no quintal. O mesmo do hotel. Um pequeno muro isolava a parte profana do terreno sagrado. Tive que desviar a cabeça para não ser decepada pelos varais que se estendiam de um lado a outro. Nas cordas, batas, toalhas e lençóis brancos balançando ao sol. Lá no fundo, o quartinho do atendimento. Pai Lauro abriu a porta, tirou as sandálias de couro, fez uma reverência em frente ao altar e só então permitiu que eu entrasse.

Sobre a toalha de renda, vasos de flores, velas, cabaças com frutas e imagens de orixás. Só reconheci Iemanjá, inconfundível no vestido azul-celeste, quase uma Nossa Senhora. Aquela de amarelo com um espelho na mão e o rosto coberto por uma franja dourada eu também conheço, é Oxum. Em frente ao altar, uma pequena mesa coberta por uma toalha branca e duas cadeiras. Pai Lauro sentou-se na de espaldar alto e assento estofado, eu na de fórmica barata de cozinha. Entre nós, guias coloridas, pedras de rio, agogô, figas e a peneira com os búzios. Ele se benzeu, fez as orações numa língua incompreensível e em seguida me passou uma caneta e um pedaço de papel pedindo que eu escrevesse meu nome e a data do meu nascimento. Depois rezou de novo, se concentrou e jogou os búzios.

— Você tem Iemanjá na cabeça.

— Que bom! — exclamei feliz, sem saber o que isso representava.

— Ela é a rainha do mar. Sua cor é azul, seu dia de sorte, sábado. As filhas de Iemanjá têm um ar imponente, majestoso, uma certa arrogância, mas são pessoas muito dignas e sedutoras. As mulheres são protetoras, maternais. Tratam todo mundo como filho. Felicidade, pra elas, é ter de quem cuidar. E fazem isso muito bem. Quem elas pegam no colo não quer sair nunca mais. Adoram resolver problemas dos outros. Mas tem que ser do jeito dela, porque Iemanjá é teimosa. Quando mete uma coisa na cabeça não tem quem tire. Como toda mãe, Iemanjá é possessiva, mandona, ciumenta. Ela faz qualquer coisa pra conseguir o que quer. Mente, faz chantagem sentimental, até roubar ela rouba se for preciso. Não brigue com uma mulher de Iemanjá porque você vai sair perdendo.

O retrato não era dos melhores mas eu não podia negar, aquela era eu. Ele continuou:

— Vejo que você é ótima dona de casa. Na sua casa tudo funciona, está tudo no lugar, mas se você sai, a coisa desanda e vira uma bagunça. Sua casa é muito bonita, com muito luxo e requinte. Você tem roupas caras, joias, é uma pessoa que vive muito bem, mas eu não te vejo feliz. Pelo contrário, eu te vejo chorando muito e sempre sozinha.

— Minha vida tem sido assim mesmo. Acabei de me separar do meu marido. Esse luxo todo que você viu não existe mais. Vim embora praticamente com a roupa do corpo. Deixei tudo pra trás. Não quero nada dele.

— Quantos anos você foi casada?

— Dez anos.

— E por que você saiu só com a roupa do corpo? Se você foi casada com ele tanto tempo, você tem seus direitos.

— Eu não quero saber dos meus direitos. Só quero começar minha vida longe do César. Ainda não sei o que vou fazer, se devo procurar um emprego, enfim, é por isso que eu estou aqui.

Ele me passou outro papelzinho e a caneta pedindo que

eu escrevesse o nome e a data de nascimento do César. Jogou os búzios de novo.

— Seu marido é filho de Xangô. Os filhos de Xangô são fortes, enérgicos, seguros. Eles são reis e se julgam donos do mundo. São líderes natos e estão sempre com uma multidão ao redor. Detestam ser contrariados. Costumam ter grandes explosões, mas não guardam rancor, ao contrário dos filhos de Iemanjá, que parecem calmos mas são incapazes de perdoar. Quem tem Xangô na cabeça se dá muito bem com tudo que se relacione à justiça: advogado, juiz, delegado. Seu marido é advogado?

— É.

— Como todo filho de Xangô, ele se vê com a missão de punir e premiar quem ele acha que merece. Mas o julgamento dele nunca é muito racional porque ele é temperamental e autoritário. Ninguém engana um filho de Xangô. Em compensação, ele engana quem quiser. Faça o que eu falo mas não faça o que eu faço, sabe como é? Por exemplo, tudo na vida dele tem que ser muito organizado desde que não seja ele que arrume. Tem sempre alguém pra arrumar a mesa dele, a gaveta, as roupas no armário. Ele é um homem ansioso e impaciente. Detesta esperar. Tudo é pra ontem. É muito trabalhador e vaidoso da sua posição, do prestígio e do dinheiro que conseguiu. Sedutor, adora uma festa e está sempre de olho na mulher do vizinho. Mulher feia com ele não tem vez. Triste e deprimida, então, nem pensar. Aprecia as coisas boas da vida. Adora ter casa bonita, com prata, cristal, obras de arte, mas é tudo pra se exibir. Gosta de comer bem, de beber bem, de se vestir bem. Ele tem que tomar cuidado pra não terminar a vida na miséria. Mas ele é um homem de muita sorte. Quando você pensa que ele caiu, dá a volta por cima e sobe mais alto ainda.

— Eu peguei meu marido com outra na porta de um motel.

— Você sempre soube que ele era um galinha.

— Mas dessa vez eu vi.

— Viu porque foi atrás e quis ver. Você estava querendo um motivo pra separar dele e esse foi um bom motivo.

— Eu não aguentava mais. Não há dinheiro no mundo que compense a vida que eu levava. Agora eu vou poder tocar minha vida e tentar ser feliz sozinha.

— Esse homem gosta muito de você. Ele te ajudou pra caramba.

— É verdade. No começo ele me tratava superbem, foi uma paixão incrível, de ambas as partes. O César me fez muito feliz. Mas aí o tempo foi passando, ele voltou à galinhagem e minha vida virou um inferno. Domingo eu saí de casa sem deixar nem um bilhete. Peguei minhas coisas e vim embora pra São Paulo. Por isso eu estou aqui. Pra saber o que fazer da minha vida.

— Você tem que levantar a cabeça e enfrentar esse homem. Você não é culpada de nada. Tem sim que brigar pelos seus direitos. Ninguém sai de um casamento de dez anos desse jeito, com uma mão na frente, outra atrás. Muito menos com um marido rico e poderoso como ele. Vai lá e exige o que é seu, encara ele de frente.

— Nós nem somos casados no papel.

— E daí? Dez anos morando junto te dão os mesmos direitos de qualquer mulher. Antes de pensar no futuro, você precisa fechar a porta do passado.

— O problema é que o César tem uma lábia terrível. Não há quem resista. Se eu voltar lá, ele me dobra em dois tempos. Aí eu esqueço o que ele fez, o que sofri nestes anos todos e ainda sou capaz de lhe pedir desculpas por ter seguido o carro dele até o motel e visto ele com outra.

— Se você quiser eu posso fazer um trabalho pra te fortalecer. Eu compro todo o material. A lista é esta aqui — ele disse, me mostrando uma folha de papel com uma vasta relação impressa. — Fica em duzentos reais. Pode ser dois cheques. Um agora, outro pra trinta.

— O problema é que eu trouxe muito pouco dinheiro. Nem talão de cheque eu tenho. Não posso me permitir essa extravagância.

— Pelo menos um banho de ervas você precisa tomar. O banho é mais barato, vinte reais.

— Tudo bem. O banho eu tomo.

Ele enrolou a peneira dos búzios num pano de linho branco e gritou para a moça que estava no quintal:

— Alzira, prepara um banho de levante.

Vinte do banho mais vinte da consulta, quarenta reais ao todo. Dei-lhe uma nota de cinquenta, ele me deu o troco e voltou pra loja.

Pai Lauro está certo. Se eu quero mesmo me separar, preciso levar isso a sério. Tem muita coisa pra fazer, pra ver como fica, providências a tomar. Eu vou ter que falar com o César, não tem jeito. Tem gente que gasta uma fortuna no analista pra ouvir isso que o pai de santo me falou por uma mixaria.

Alzira chegou com um balde nas mãos e me levou para um banheiro minúsculo no fundo do quintal. Dentro do balde, uma água escura com folhas e galhos boiando. Na outra mão, ela trazia uma caneca e uma toalha.

— Você tira toda a roupa e com essa caneca vai jogando a água do balde no corpo inteiro. Menos na cabeça. A cabeça é do seu orixá, nela ninguém põe a mão. Quando acabar a água você seca o corpo com essa toalha e pode se vestir.

A água estava morninha e tinha um cheiro bom, de mato. Fiz tudo como ela mandou. Fiquei pelada e fui jogando a água no corpo todo, menos na cabeça. Meu corpo ficou cheio de folhas grudadas na pele. Enrolei-me na toalha e tive que sentar na privada para não cair. Eu estava completamente zonza. Efeito do banho? Respirei fundo, abaixei a cabeça e esperei o banheiro parar de rodar. Quando saí já sabia onde estava pisando. Meu corpo ficou com cheiro de mato por um bom tempo.

No hotel, subi direto para o quarto sem falar com ninguém. Eu estava meio sonolenta, queria descansar um pouco antes do jantar. Fechei a janela e deitei. O rosto do César surgiu na minha frente.

Renatinha, Renatinha, e essa agora? Até em pai de santo você deu pra ir? Eles são especialistas em tirar dinheiro de pessoas crédulas como você. Não chega a boate de ontem? Voltar de madrugada, a pé, sozinha, em plena região da Luz. Você só pode estar pirada. Ou querendo morrer. Não posso te deixar exposta a esses riscos. Se você não der notícias até amanhã eu vou tomar providências. Sinto muito. Parece que você perdeu a noção de perigo. Nem digo pelas pessoas do hotel, essas eu investiguei e está tudo bem. São pessoas de ficha limpa, sem passagem pela polícia nem com qualquer envolvimento que as desabone. O hotel não tem histórico de drogas ou outra contravenção. A dona é carioca de Vila Isabel, o marido é de São Paulo, tocou em várias boates, é um músico batalhador. O gordinho que viajou com você é bancário e trabalha no mesmo lugar há trinta anos. É solteiro, tem quarenta e cinco anos, perdeu a mãe no ano passado. Imagino que vocês tenham se conhecido no avião. Eu nunca vi esse cara antes. Nem você. Mesmo assim, você pega um táxi e vai com ele para um hotel no centro da cidade. Tá biruta, amor? Esse homem podia te matar. Ele deve ser namorado da enfermeira que trabalha na Beneficência. Eles vão e voltam do trabalho juntos, se encontram para almoçar. Aliás, o pai de santo também mora no Hotel Novo Mundo. Só não entendo o que você está fazendo aí no meio dessa gente. Volta pro Rio, meu amor, volta pra mim. Você não imagina a bagunça que está essa casa. Sem você as coisas não andam. Lembre-se, só mais um dia. Não dá pra te deixar num lugar desse, não dá mesmo.

Acordei com alguém batendo na porta.

— Pensei que você tivesse morrido — disse Divino. —
Estou aqui há um tempão. Você não vai jantar?
— Eu deitei pra descansar um pouco e acabei pegando
no sono. Entra.
Ele sentou na poltrona e fez de novo o relatório completo. César era igualzinho. Quando chegava, preparava um uísque e me contava fatos "interessantíssimos" do seu dia, os
encontros, as conversas, as decisões, sem me dar a mínima
chance de fazer o mesmo. Quando finalmente eu conseguia
interrompê-lo pra contar alguma coisa, via que aquilo não tinha a menor importância. Uma besteira de nada perto das
coisas grandiosas que ele fazia. Se pelo menos eu tivesse um
amante talvez a minha vida fosse mais interessante. Todas as
minhas amigas tinham e achavam muito natural. "Este é o se-
gredo de um casamento duradouro", diziam. Eu passo. Até
porque eu sabia que o César me vigiava o tempo inteiro. Os
homens dele estavam por toda parte. Um passo em falso e ele
saberia. No relatório do Divino estava faltando o almoço.
— Você almoçou com a Jurema?
— Não. Hoje almocei sozinho.
— Coitada. Deve ter ficado te esperando.
— É a vida — ele disse, levantando-se da poltrona e sen-
tando ao meu lado.
Ao vê-lo tão perto, me olhando de um jeito estranho,
meu coração acelerou.
— É a vida — repeti feito idiota.
— Será que você não percebeu que eu não estou interes-
sado na Jurema?
— Não está?
Divino sorriu e me beijou os lábios, de leve. Eu gostei.
Gostei muito. Tanto é que o segundo beijo foi iniciativa mi-
nha. O terceiro já foi de língua. Suas mãos rapidamente en-
traram por baixo da minha blusa procurando o fecho do sutiã. Não tinha sutiã nenhum. Foi mais fácil do que ele imaginava. Ele tirou minha blusa, deitou-me na cama e beijou

meus seios com as pernas ainda pra fora da cama. Meio nus, meio vestidos, os dois de sapatos. Foi assim a nossa primeira transa.

Depois de dez anos, eu estava com outro pinto dentro de mim, que não era o do César. Um pinto gostoso, redondo, sem ângulos nem asperezas. Quase feminino. Divino era um homem delicado, empenhado em dar tudo de si, interessado no meu gozo. Êxito total. Eu gozei como há muito não gozava. Livre e feliz. Ele despertou em mim o prazer adormecido e eu retribuí à altura. Desmaiamos de cansaço um nos braços do outro, sem nem lembrar do jantar que perdemos. No meio da madrugada, acordei com o barulho da descarga. Abri os olhos e vi Divino pelado, procurando a roupa pelo chão.

— Vou pro meu quarto.

— Dorme aqui, eu tenho despertador.

— Eu preciso dormir direito, nem que seja por algumas horas, senão amanhã não aguento o batente.

Um homem responsável e trabalhador. Me deu um beijo no rosto e se foi com os sapatos na mão. A porta dormiu aberta. A preguiça era tanta que eu nem levantei pra trancar. Depois que ele saiu fiquei pensando: de que orixá ele é filho?

Quinta-feira

Acordei rolando na cama feliz da vida com a porra do Divino grudada nos meus pentelhos. Que homem bom. Tão diferente do César, sempre tão apressado, tão rude, tão macho. Ele odiava me ver chorando quando gozo.

— Até parece que não gostou — dizia.

Divino não, ficou superemocionado. Quase chorou junto, foi tão bonito. Por mim, eu ficaria deitada o dia inteiro lembrando cada detalhe de uma das melhores trepadas da minha vida, mas uma menininha batia insistentemente na porta.

— Renata, você está acordada?

— Estou sim, meu bem. Só um minutinho.

Levantei, me vesti e fui abrir a porta.

— Posso ouvir música? — ela perguntou, com a carinha mais linda do mundo.

— Claro!

Escolheu um pagode animadíssimo e ficou dançando enquanto fui tomar banho. Quando desci para o café, o refeitório estava fechado. Genésia abriu uma exceção e me chamou pra cozinha. Zema também perdera a hora e tomava café numa mesa improvisada ao lado do fogão.

— Acho bom vocês não se acostumarem — ela disse, colocando mais uma xícara.

— Pelo menos eu não fui a única que perdeu a hora.

— Eu não perdi a hora. Fui tirar sangue no posto, em jejum. Eles marcam às oito e atendem às nove e meia. Sem dar a menor satisfação. Depois ainda tive que passar pelo médico.

— Você está doente?

— Eu sou soropositivo. Todo mês é essa ladainha pra pegar o coquetel.

Olhando ninguém diria. Zema é um rapaz bonito, de aparência saudável.

Acabamos de tomar café e saímos juntos pra rua. Fui andando ao seu lado sem saber pra onde. Contei pra ele da consulta com Lauro.

— Eu gostei muito. Ele acertou tudo que viu.

— O Lauro é muito bom. Vem gente de longe jogar búzios com ele.

— Vocês estão juntos há muito tempo?

— Seis anos, desde que cheguei em São Paulo.

— De onde você é?

— Eu sou de Campo Grande. Cheguei aqui com dezessete anos. Meu pai me expulsou de casa. Ele não admitia ter um filho veado. Fez o maior escândalo quando me pegou chupando o pau do meu patrão. Eu trabalhava num posto de gasolina. Um dia ele chegou de repente, entrou sem avisar e me pegou com a boca na botija. Quando cheguei em casa, minha mãe estava me esperando no terraço e não me deixou entrar. Minha mala já estava na calçada. "Seu pai não quer mais te ver aqui." Dei um beijo nela e fui embora. Nunca mais voltei pra lá. Desci na estação da Luz e fui batendo de porta em porta, com a mala na mão, procurando lugar pra ficar. De vez em quando eu ligo pra minha mãe, mas com meu pai nunca mais falei. Meu patrão era um homem muito rico, casado, pai de família, um figurão da cidade. Pra ele tava de bandeja, ele dava pro empregadinho ali mesmo, no escritório, sem dar bandeira. E pra mim também, que ganhava o dobro do salário por conta dos "serviços prestados". Ele me dava tênis da moda, roupa, dinheiro pra sair no fim de semana. Eu já gostava de desenhar. Vivia criando modelos. Ele me dava bloco de papel Canson, lápis-pastel, aquarela. Mas aí o velho acabou com a minha festa.

— E o Lauro, como vocês se conheceram?

— Nas minhas andanças eu acabei chegando na loja dele. Achei bonitas aquelas imagens tão diferentes dos santos que a minha mãe tinha em casa. Eu nunca tinha ouvido falar em candomblé nem em umbanda. O Lauro ficou me olhando de longe. Rapaz novo, de malinha na mão, já viu, né? "Esse tá no papo." Chegou como quem não quer nada, perguntou se eu tava procurando lugar pra ficar e me convidou pra almoçar no hotel. Disse que morava lá. Eu fui com ele e conheci a Genésia, o Leão, que me receberam muito bem. Ele pediu um quarto pra mim. Disse que era por conta dele. De noite, ele correu pra lá e nunca mais a gente se separou. Quando eu mostrei meus desenhos, ele me falou pra ir na rua São Caetano, que lá tinha muita loja de noiva. No dia seguinte, peguei minha pasta e saí mostrando de loja em loja. À tarde já estava empregado. O salário não é grande coisa, mas dá pro gasto. O importante é que eu gosto muito do que faço.

Zema tinha me contado coisas íntimas do seu passado, aberto seu coração comigo. Quando chegamos na esquina da avenida Rio Branco, resolvi abrir o meu também:

— Sabe que ontem eu trepei com o Divino?

Ele parou e me olhou com cara de "e eu com isso?".

O que eu estava querendo dizer era: "você é uma bicha aidética que foi expulsa de casa porque foi pega chupando o pau do patrão, mas eu também não sou flor que se cheire. Veja bem, dormi com um homem que mal conheço antes mesmo de me separar oficialmente do meu marido. Traí o homem com quem vivi dez anos, um homem que me deu tudo na vida. Eu sou tão promíscua quanto você. Sabe do que mais? Nem eu nem o Divino lembramos de usar camisinha. Talvez eu esteja tão doente quanto você".

Sem dar a mínima pra minha confissão, Zema ajeitou a bolsa no ombro e apertou o passo.

— Tenho que ir. Tô superatrasado. Depois você me conta o resto, tá?

Me deixou sozinha no meio da praça sem saber pra que lado ir. Entrei numa padaria e pedi um expresso curto, sem açúcar nem adoçante. Sentei no balcão e fiquei vendo a Ana Maria Braga fazendo paella na televisão. Arroz, açafrão, pimentão verde, vermelho, tomate, camarão, vôngole, marisco, frango, carne de vaca, tudo na mesma panela. Tem gente que põe até coelho. Trepar com o mesmo homem durante dez anos é quase como ser virgem. Divino me reinaugurou sob nova direção. Na minha frente, um homem que bebia cerveja piscou pra mim e me ofereceu um gole. Paguei o café e saí correndo antes que eu fosse pra cama com esse também. Eu agora sou assim, durmo com qualquer um, com quem me quiser.

Fui andando até o colégio das freiras. Era ali perto, eu me lembrava. Meus olhos se encheram de lágrimas e a garganta secou ao ver o portão e ouvir a barulheira das crianças no pátio. Era só tocar a campainha e pedir pra entrar. Duvido que ainda tenha alguma irmã da minha época. Trinta anos é muito tempo. Eu tinha seis quando minha mãe me deixou aqui. Nada antes nem depois se pareceu com o que vivi por trás desses muros. Uma das poucas fases da minha vida em que o sofrimento esteve suspenso. Não tive coragem de pedir pra entrar. Voltei para o hotel pensando na irmã Inocência, na irmã Gesualda, na irmã Maria Estela.

— Você gosta de rabada? — Leão perguntou quando entrei na sala. — A rabada da Genésia é sensacional.

Subi para o meu quarto inebriada com o perfume da rabada que se espalhava pelo hotel inteiro. Meu moletom lavado e passado estava dobrado sobre a cama.

Renatinha, Renatinha, hoje termina o prazo que te dei. Se você não der sinal de vida até o fim do dia, eu vou ter que agir. Acabou a brincadeira. Até quando você acha que eu vou ficar aqui sentado, esperando você voltar? O que mais você quer? Eu já não fui punido? Eu tô desconfiado que o negócio desse baixinho é com você. Não vai me dizer que cê tá dando mole pro gordinho careca. Eu me recuso a acreditar. Você pirou? Ou é ele que está dando em cima de você? Nunca mais vi ele com a enfermeira. Ele tem almoçado sozinho e vai pro trabalho antes dela. Você é muito ingênua, acredita em qualquer um. Você viu onde está metida? Olhou ao redor? Viu os traficantes, as drogas que rolam por aí, o pessoal do crack? Eu sei que o seu anjo da guarda é forte, mas convém não abusar. Todo mundo faz bobagem, porra. Brigas acontecem com qualquer casal. A gente precisa sentar e conversar.

A rabada estava de lamber os beiços. Ajudei Genésia a tirar as mesas e fui com ela à cozinha. Por mais que eu insistisse, ela nunca deixou que eu pusesse a mão na louça. "Eu posso lavar pra você." Quem sabe ela me contratasse como ajudante de cozinha.

— Larga isso aí — ela dizia, arrancando o prato da minha mão.

Puxei uma cadeira e sentei-me ao seu lado.

— Posso te contar uma coisa?

— Conta — ela disse, fechando a torneira pra ouvir melhor.

— Eu trepei com o Divino.

— Não me diga! — ela disse, colocando a mão ensaboada na boca e cuspindo em seguida.

Me arrependi no minuto seguinte. Será que ela não tomaria as dores da irmã? De que lado ela ficaria, do meu ou de Jurema?

— Que malandro... Veja só... — disse, retomando a lavagem, um pouco aérea.

— Foi muito legal, sabia?

— Só quero ver quando a Jurema souber.

— Ela não precisa saber. Foi só uma transa. Isso não vai dar em nada.

— Já deu, minha filha. O Divino não é homem de transar por aí sem pensar nas consequências.

— Eu também não — respondi um pouco ofendida. — Em dez anos, essa foi a primeira vez que dormi com outro homem. Nunca traí meu marido.

— Nem separada direito você está.

— Claro que estou. Estou sim. Sou uma mulher livre. Trepo com quem quiser.

— Vai lá e diz isso pro seu marido.

— Você acha que a Jurema ainda tinha esperanças com Divino?

— Se tinha é bom perder pra não sofrer de novo — ela pensou um pouco e continuou: — Mas sabe que vocês combinam?

— Eu também acho.

— Quando que eu ia imaginar...

Tomei um café e fui andar um pouco. Talvez eu devesse jogar búzios de novo. Vou pedir pro Laûro ver se essa relação tem futuro, se o Divino é a pessoa certa pra mim nesse momento. Eu já sabia o caminho, fui entrando. Ao me ver, ele fechou a cara. "Essa é daquelas que não dão sossego pro pai de santo. Vai ficar me enchendo o saco todo dia. Tem gente que não é capaz de dar um passo sem consultar os búzios. Merda." Fingi que não percebi e disse que queria uma consulta extra. Chegando ao quartinho, expus a situação.

— Ontem eu trepei com o Divino. Foi de repente, uma coisa completamente inesperada. E foi legal. A gente se deu superbem. Parecia que nos conhecíamos há muito tempo. Eu queria saber o que você acha, se eu fiz bem, o que vai acontecer daqui pra frente. Não é um pouco cedo pra uma nova relação?

— Não se preocupe porque tudo acontece na hora que tem que acontecer.

"Pô, a mulher dá pro cara, tá cheia de culpa, e vem buscar o meu aval pra continuar trepando? O que que eu tenho a ver com isso? Se quer perdão, devia ir numa igreja, até porque no candomblé não existe pecado. Eu não sou padre nem psicólogo pra ela vir aqui me contar seus problemas, esperando orientação. Que saco."

— Você faz o que seu coração está pedindo.

Tava na cara que ele queria se livrar de mim, mas eu sou insistente.

— Eu queria jogar búzios pra ver. Pago mais uma consulta.

— O problema não é o dinheiro, mas a consulta em si. Ontem eu abri seus búzios, falei um monte de coisa que você nem teve tempo de assimilar e hoje você quer que eu jogue de novo? Isso aqui não é uma brincadeira pra se fazer a qualquer hora. Não é assim que eu trabalho. Você é dona do seu corpo, maior de idade, não precisa da minha aprovação pra fazer o que tem vontade.

— É que eu achei muita coincidência. Ontem eu tomei banho de ervas e na mesma noite dormi com um homem incrível que me fez muito feliz.

— O banho te deu força e energia. É só o que posso dizer.

— Eu fico preocupada com a Jurema, ela gosta dele. Eu não queria que ela sofresse.

— A Jurema é bem grandinha e vai saber lidar com isso. Agora, se você me dá licença, eu tenho um ebó pra preparar — levantou-se e me pôs pra fora do quarto, sem aceitar o pagamento que eu lhe oferecia. Um pai de santo lacaniano, sem dúvida alguma.

Quando cheguei no hotel, Genésia estava à minha espera. Assustadíssima.

— Teve um homem aqui te procurando.

— Um homem? Que homem?

— Sei lá. Um cara forte, de terno, pele clara, meio calvo. Ele tocou a campainha e perguntou se tinha alguma Renata hospedada aqui. Eu falei que tinha. Ele perguntou se ela era do Rio de Janeiro. Eu falei que era. Daí ele disse que queria falar com você. Eu disse que você não estava. Ele perguntou a que horas você chegava. Eu disse que não sabia mas que não devia demorar. Ele disse que voltava mais tarde.

— Eu não sou a única Renata do Rio de Janeiro que está hospedada por aqui. Só nesse quarteirão deve ter mais de dez. Não deve ser comigo.

— E se for seu marido?

— Imagina se o César ia se dar ao trabalho! Ele mandaria alguém. O César deve estar me esperando sentado. Ele tem certeza que eu vou voltar. Quando o tal homem aparecer, você me chama que eu falo com ele e a gente esclarece essa história direitinho. Pode ficar tranquila.

Sentei na recepção pra esperar o jantar e assistir à novela. Eu até já estava entendendo um pouco da trama. Logo Zema chegou. Atrás dele, Lauro que passou por mim e foi correndo pro quarto com medo que eu tivesse mais alguma pergunta pra fazer. Quando a careca do Divino apontou na escada, eu me ajeitei no sofá. "Esse homem dormiu comigo, me viu pelada, chorando, gozando, pedindo pra ele meter com força, mais força, e agora? Como será? Ele vai fingir que não me conhece e passar reto como fez o pai de santo? Será que vai me beijar? No rosto?"

Divino cumprimentou a todos, me deu um beijinho na testa e me pegou pela mão para que eu o seguisse. Fomos andando em silêncio até o quarto dele. Ele abriu a porta, acendeu a luz e me puxou pra dentro.

— Trancou a porta?

— Tranquei — ele disse me apertando num abraço com cheiro de escritório. — Pensei em você o dia inteiro, sabia?

— Eu também.

— Jura?

— Juro.

A segunda transa foi melhor que a primeira. Dessa vez eu não chorei. Nem perdi o jantar.

— Acho que ainda dá tempo. Como vamos sair daqui?

— Pela porta — ele respondeu, se fazendo de desentendido.

— Mas...

— Eu não devo nada a ninguém. Você deve?

Imaginei que seríamos recebidos com aplausos mas, mergulhadas na rabada que havia sobrado do almoço, as pessoas nem notaram quando chegamos. A única exceção foi Jurema, que nos encarou com o garfo pendurado no ar. Cumprimentei-a com um sorriso.

— Tudo bem?

— Tudo — ela respondeu.

Sentamos na mesa ao lado.

"Eu comi o seu homem e você sabe disso. Viu como eu sou má? E o pior é que foi tão bom que agora eu quero ele pra mim. O Divino agora é meu. Não me queira mal por isso."

Quando Genésia trouxe a comida, aproveitou pra meter o bedelho onde não fora chamada.

— A Renata te falou quem esteve aqui hoje?

— Não, não falou — Divino respondeu intrigado.

Ela contou a história de forma exagerada, pondo ênfase num suspense que não havia.

— Será que é o seu marido? — Divino perguntou assustado.

— A Genésia tá delirando.

— Você não acha muita coincidência aparecer alguém perguntando por uma Renata carioca justo aqui? Você não imagina quem seja?

— Como posso? Só sei que não é a mim que ele está procurando. Se o César quisesse, já teria me encontrado faz tempo. Ele não é homem de ficar batendo de porta em porta à minha procura.

— Você ainda não falou com ele?

— Não.

— A mulher dele some e você não quer que ele fique preocupado? Nada mais lógico que esteja te procurando. A menos que você esteja acostumada a sumir de casa. Isso já aconteceu antes? — quis saber meu quase namorado.

Eu dei risada.

— Claro! Eu sumia todo mês. Vivia sumindo e aparecendo. Que tal se vocês mudassem de assunto? — pedi com educação.

Jurema ouvia tudo de longe e estava adorando a conversa.

"É verdade, essa mulher está traindo o marido, ela deve ser presa e você junto. O marido dela é poderosíssimo, perigosíssimo. Qualquer hora ele vai bater nessa porta e te matar ou te dar uma surra tão grande que não vai sobrar um osso inteiro no seu corpo. Não quero nem ver quando ele souber que você tá comendo a mulher dele. Você é um homem morto, Divino."

— Só falei porque não quero saber de confusão no meu hotel — disse Genésia.

— Juro que não vai ter confusão nenhuma. Não por minha causa.

— Assim espero — disse Genésia, que deu as costas e saiu pisando duro.

— Uma hora você vai ter que conversar com seu marido — falou Divino num tom mais calmo.

— Tudo tem seu tempo. Essa hora vai chegar, deixa comigo. Meu medo é porque o César me leva no bico com a maior facilidade. O Lauro me disse que eu preciso ficar forte antes de falar com ele.

— Você foi pedir conselho pro Lauro?

— Ele é pai de santo, não sabia? Ele falou que o César, como bom filho de Xangô, se julga o tal e tem o rei na barriga. Me deu um banho de ervas pra me energizar.

— Você falou de mim?

— Hoje eu voltei lá pra falar da gente, mas ele disse que era cedo. Búzios não é coisa pra se jogar todo dia.

— O que você queria saber?

— Eu queria saber se é normal uma mulher se apaixonar por um homem antes da missa de sétimo dia do marido que nem faleceu. Um homem que ela nem sabe quem é.

— Pois eu te dou essa resposta de graça, sem nem precisar consultar os orixás: isso é absolutamente normal. Acontece com homens e mulheres normais — disse selando minha boca com um beijinho que a Jurema viu, mas fingiu que não viu. Em seguida, ela pediu licença e saiu. Saímos todos e fomos sentar ao redor da televisão. Às dez em ponto, Divino deu boa-noite e foi dormir. Ficamos só nós duas na sala. Achei que ela ia aproveitar a oportunidade pra me dizer:

"Escuta aqui, não tinha outro homem pra você pegar, não? Esse papo de que vocês se conheceram no avião, pra mim, não cola. Vocês devem ser amantes de longa data. Você veio com ele pra cá pra transar à vontade, longe do seu marido. Aliás, ouvi dizer que ele está na sua cola. Quero só ver quando te encontrar. Vai matar vocês dois. Essa sua cara de santa pode enganar o Divino, que é trouxa, mas a mim é que não. Puta, ordinária. Sabe há quanto tempo eu espero por esse homem? A vida inteira. Quando finalmente parecia que ia dar tudo certo, chega você, toda gostosona, esfregando esse corpão na cara dele. Claro que ele caiu de quatro aos seus pés. Por que você não some daqui? Vai tomar no seu cu, sua vaca, antes que eu me esqueça."

Vendo que ela não manifestava a menor intenção de abrir a boca, fui para o meu quarto. Dormi ouvindo música clássica. Programei o relógio e ele desligou sozinho. Ele tem esse controle.

* * *

Enquanto isso, no Rio de Janeiro, pelo interfone, o porteiro do edifício perguntava se o doutor César podia subir. Margô estranhou.

— O César, aí embaixo? A essa hora? Ele nunca vem sem avisar. O que terá acontecido? Diz que ele pode subir.

Ela nunca o vira naquele estado. Abatido, despenteado, cheirando a bebida, com uma camisa suja e amarrotada.

— Tem uísque? — perguntou ainda do lado de fora.

— Entra.

Os dois se conheceram na faculdade, na férrea disputa pra ver quem era o aluno mais brilhante da sala. Margô podia não figurar na lista das mais bonitas nem das mais gostosas, mas no quesito inteligência tinha poucas concorrentes. Para César, apesar do seu fraco pela beleza feminina, uma boa capacidade de argumentação, um raciocínio lógico e pensamentos originais exerciam o mesmo fascínio que um par de belas pernas ou seios fartos. Como se não bastasse, Margô era dona de uma fortuna nada desprezível. Filha única de um advogado de renome internacional, seu pai era dono de uma das maiores bancas de advocacia do país.

De olho no futuro, César preferiu não arriscar. Dispensou as beldades que viviam no seu pé e apostou todas as fichas nas ações da herdeira da Barros & Barros.

Cid Barros sempre olhou o genro com certa desconfiança. César era bonito demais, falante demais, se expressava sempre com grande eloquência, um sedutor refinado. O rapaz lhe parecia movido por uma ambição desmedida, destes que não medem esforços para chegar onde quer nem pensam duas vezes antes de eliminar quem se põe no seu caminho. Mas a filha estava apaixonada e por ela Cid faria qualquer coisa. A festa de casamento foi cinematográfica. O jovem casal passou a lua de mel na Europa. Um mês às custas da Barros & Barros. Na volta, mudaram para o belíssimo apartamento que o sogrão deixou prontinho pra eles e ocuparam uma das salas da Barros & Barros. Os colegas recém-formados morriam de inveja. César e Margô mal começavam e já exibiam uma carteira de clientes impensável para profissionais com anos de exercício.

A vida do casal era só trabalho, trabalho e trabalho. Depois de seis meses, foram surpreendidos com uma gravidez totalmente fora da programação. Margô ficou aturdida. Filhos não estavam nos seus planos nem a médio prazo. Um dia, quem sabe. Suas prioridades eram firmar-se na profissão, montar escritório próprio, fazer doutorado no exterior. César acolheu a ideia com mais simpatia.

— Pra que esperar mais? É melhor termos filhos enquanto somos jovens e temos disposição para encarar o lufa-lufa de uma criança.

Não muito convencida, Margô acedeu e estava quase se animando com a ideia quando teve ameaça de aborto. A gravidez era complicada e exigiu repouso absoluto. "Eu não devia ter dado ouvidos ao César. Ele está lá, belo e formoso, tocando o escritório sozinho e eu aqui, engordando feito uma jiboia." Ela sentia falta da agitação, dos compromissos, dos mil telefonemas, das audiências, dos sanduíches engolidos às pressas entre um cliente e outro, das negociações que atravessavam a madrugada. Não via a hora de ter a criança, arranjar uma boa babá e voltar ao trabalho. Aquela era a sua vida, a sua realização.

Para César as coisas não podiam estar melhores. Sem os palpites da mulher, ele decidia tudo do seu modo. Longe da filha, era fácil manter o velho à distância. Fez modificações na sala, contratou auxiliares, pegou clientes que não eram da Barros & Barros, diversificou o campo de atuação. Margô intuía que estava sendo colocada pra escanteio. "Ele fez de propósito. Não via a hora de se ver livre de mim." Quando Lucas fez três meses, ela quis voltar.

— É cedo. O menino precisa de você. Seu peito ainda está cheio de leite.

Depois de seis meses, Margô engravidou de novo. César aproveitou a segunda gravidez para declarar independência total. Mudou-se para um escritório do outro lado da cidade e entrou de cabeça na alcateia dos lobistas, atividade terminantemente proibida para qualquer advogado da Barros &

Barros. O velho Cid queria distância dessa gente. César adentrava em mares nunca dantes navegados enquanto Margô afogava-se em fraldas, mamadeiras, banho de bebê, papinha, febrão, febrinha, vômitos e diarreias. Lucas e Mateus quase não viam o pai. Quando a mãe neurótica e mal-humorada reclamava, César saía com a clássica pergunta: "o que te falta?". Ela sabia das suas puladas de cerca. Era só seguir o rastro enjoativo dos perfumes baratos nas suas roupas. As desculpas eram cada vez mais esfarrapadas. Impedida de voltar ao escritório, "veja bem, eu diversifiquei os nossos negócios, não tem nada a ver com o que fazíamos antes", Margô tratou de descobrir outras formas de ocupar o tempo. Torrar dinheiro em roupas e futilidades era uma delas. Passar a tarde com garotões sarados nos motéis da Barra era outra, aliás, a principal. Eles continuavam casados de fato, mas os direitos eram diversificados.

Numa das viagens que fez a São Paulo, César conheceu Renata e se apaixonou por ela. Levou a belíssima morena pro Rio e passou a administrar com eficiência a mulher e a amante. A primeira para os compromissos oficiais e familiares, a segunda para viagens, passeios e boates. Tudo ia bem até o dia em que o sogrão viu os dois aos beijos no fundo de um restaurante. Entrou com pedido de divórcio no dia seguinte. E exigiu uma pensão exorbitante pra filha traída e humilhada. Apesar de estar cansada de saber das traições do marido, Margô encenou seu papel como uma diva. Fez grandes escândalos, chorou, gritou e até ameaçou o suicídio. Ser humilhada em praça pública exigia uma atuação à altura da dor que ela deveria estar sentindo. Movida pela ira, acabou encontrando mais uma diversão: atazanar a vida dos pombinhos. Ligava pra nova casa de César ou para o escritório na hora que bem entendesse com uma lista imensa de tarefas para o ex-marido cumprir. Sempre ocupadíssimo, César delegava o serviço à Renata.

Cid Barros trouxe a filha para trabalhar com ele. Margô pôde, enfim, retomar com o mesmo vigor a carreira prematuramente interrompida. O tempo fez com que ela e César passassem a se tratar com mais cordialidade. De vez em quando até trocavam opiniões sobre um ou outro caso mais complicado. Certamente não era pra isso que ele estava ali naquela noite.

— Fiz uma cagada — confessou. — A Renata me pegou saindo de um motel com uma mulher.

— Idiota.

— Ela me seguiu num táxi.

Margô preparou mais um uísque e relaxou ao ver que o incêndio era de pouca monta.

— Tintim — disse batendo seu copo no dele. — Seu lugar é aqui, ao lado da mamãe.

— Tintim — ele disse, recostando-se no sofá. Segurou a mão de Margô e deu um longo suspiro.

Sexta-feira

Era bem cedo quando acordei. Um sonho esquisito fez com que eu pulasse da cama com taquicardia. Eu brigava muito com o César. Gritava, xingava, ele também. Nós dois chorávamos. De repente eu olhei pro rosto dele e ele estava todo ensanguentado. Fiquei apavorada me perguntando se era eu que tinha causado aquele ferimento. Não conseguia lembrar. Será que fui eu? Será que fui eu que atirei? Por que eu faria uma coisa dessa? Nem revólver eu tenho. César foi ficando cada vez pior, respirando com dificuldade. Ele ia morrer mas o que me afligia era saber se a culpa era minha. Vesti uma roupa e desci para o refeitório com uma sensação de mal-estar amargando minha boca. Genésia arrumava as mesas. Perguntei do Divino.

— Ele ainda não desceu.

Fui até o quarto dele. Ele me atendeu à moda dos caminhoneiros, de cueca e toalha no pescoço.

— Tô fazendo a barba. Entra.

Encostei no batente da porta do banheiro e fiquei assistindo o ritual: ensaboar o rosto, escanhoar, enxaguar, enxugar, passar loção, se estapear. O César era igualzinho. Nunca usou barbeador elétrico. Tinha vários na gaveta, mas sempre preferiu fazer a barba com água e sabão. Eu sempre pendurada no batente da porta. Me aproximei e abracei Divino por trás, envolvendo com meus braços sua barriga redonda e peluda. Colei o rosto nas suas costas macias. Eu queria ficar ali pra sempre, mas Divino tinha que trabalhar e livrou-se de mim antes que eu dissesse que estava a fim de ir pra cama com ele.

— Tenho que me vestir e sair correndo.

A surpresa do café da manhã era um bolo de fubá que Genésia serviu fumegante. Comi duas fatias lambuzadas de manteiga. Divino foi mais comedido por conta do colesterol. "Está um pouco acima do aceitável." Zema e Lauro sentaram-se na mesa ao lado. Em seguida chegou Jurema.

— Você está indo? — ela perguntou sem nem me cumprimentar. — Podemos ir juntos.

— Claro — respondeu Divino. — Vou escovar os dentes e já subimos.

O papai e a mamãe vão para o trabalho e a filhinha fica em casa sem ter com quem brincar, sem ter ninguém pra conversar, sem saber o que fazer pro dia passar rápido e papai voltar logo pra casa, me pegar no colo, me cobrir de beijos e me contar lindas histórias até o sono chegar. Eles se foram. Eu e Zema ficamos sozinhos no refeitório, cada um catando migalhas na sua mesa. De repente eu olhei pra ele e tive uma ideia:

— Me leva pra conhecer a loja onde você trabalha?

— É uma loja igual às outras. Não tem nada de mais.

— Eu adoro ver vestido de noiva.

— Da São Caetano? Até parece.

Corri ao quarto, peguei minha bolsa e saí de braço dado com o mulato mais charmoso do pedaço.

— O Lauro também está doente? — perguntei antes de chegarmos na Júlio Prestes.

— O Lauro é portador mas nunca teve sintoma nenhum. Ele só ficou sabendo que estava com aids quando fiquei doente. Foi super-rápido. Em dois meses as manchas começaram a aparecer. Mas hoje, com o coquetel, a pessoa só morre se quiser. Tem que se cuidar, tomar os remédios na hora certa, fazer o controle direitinho. Mas vale a pena. Eu ainda quero fazer muita coisa nessa vida.

— O que, por exemplo?

— Trabalhar numa loja dos Jardins, dessas que fazem vestido com tecido importado, tafetá, renda francesa, xantungue de seda. Comprar um apartamento. Pode ser pequeno, uma quitinete, mas quero ter o meu cafofo. Tô juntando dinheiro pra isso. Em dois anos, no máximo, eu espero estar no meu cantinho.

— Meu primeiro apartamento também foi uma quitinete. Era na rua Augusta, perto da Nestor Pestana. Eu trabalhava por ali.

— No bafon?

— Em pleno bafon. Eu era garota de programa. Bati muita sola de sapato nas imediações da praça Roosevelt.

— Jura? — ele me perguntou aparvalhado.

— Juro. Comecei a vida cedo, antes dos quinze. Depois fui progredindo, trabalhei em lugares bacanas até chegar ao Sofia's, onde conheci o César.

— Você trabalhou no Sofia's?

— Eu era estrela da casa.

— Menina... Olhando ninguém diz, com esse jeito de mulher fina. E o seu marido?

— Ele me conheceu lá. Foi paixão à primeira vista. Depois dele eu nunca mais fui pra cama com ninguém. Fui uma esposa fidelíssima. O Divino foi o primeiro homem com quem eu trepei em dez anos.

— E por que você se separou?

— Eu peguei ele com outra, saindo de um motel.

— Menina... Eu sou igualzinho. Se tem uma coisa que eu não admito é traição. Eu falo pro Lauro: no dia que isso acontecer, não precisa nem voltar pra casa. Antes de mim, ele dava pra todo mundo, namorava dez ao mesmo tempo. Eu acabei com a festa e avisei que se ele quisesse ficar comigo ia ter que mudar. Eu exijo fidelidade e pago com a mesma moeda. Se estou com alguém, posso até olhar pra outra pessoa, mas trepar, nunca. Pode ser quem for: o Marcos Pasquim, o Reynaldo Gianecchini. Eu sou de uma pessoa só.

— Eu também sou assim. Os amigos do César caíam matando, me cantavam na cara dura. Queriam porque queriam dormir comigo. Eu nunca quis saber. Enquanto fui casada, eu era do César e ponto.

— Em compensação, agora liberou geral, né? — ele disse, caindo na gargalhada.

— Graças a Deus! — respondi erguendo os braços para o céu pra mostrar o quanto estava agradecida.

A Splendore era uma loja como tantas na rua das noivas, todas muito parecidas. Nas vitrines pobremente engalonadas, vestidos de modelos, cores e fantasias variadas. Manequins com cinturinha de pilão e olhos pintados de azul exibiam noivas românticas, tradicionais, discretas, extravagantes, cocotas, coroas, católicas, pagãs. Vestido branco, bege, pérola, cinza, azul-turquesa. Hoje tem até noiva de preto! Mangas compridas, longos decotes, tomara que caia, minissaia, cauda pequena, média, rabo de peixe. Da noiva mais simples à mais exigente, todas encontrarão aqui um modelo que as satisfaça, além das madrinhas e damas de honra.

— É tudo desenho seu? — perguntei, atordoada.

— Só os mais bonitos. Os outros, o dono compra pronto de confecção. O que tem de coreano fazendo vestido de noiva você não imagina.

O dono da loja era um turco com um vasto bigode, escondido atrás da caixa registradora. Cumprimentei-o com um sorriso não correspondido e continuei caminhando atrás do Zema até o fundo da loja onde ficava seu ateliê. Um aquário envidraçado feito de madeira barata, pintado de branco. Lá dentro, duas poltronas, uma mesa de centro repleta de figurinos da década passada e uma prancheta com seu material de trabalho: papel, canetas, lápis colorido, pincéis.

— Você sabe quantos vestidos já desenhou?

— No começo eu contava mas depois perdi a conta — ele disse, me passando uma caixa de papelão lotada de fotografias. — Elas fazem questão de me mandar para eu ver como ficou.

— Você só desenha ou também confecciona?

— Se precisar, eu faço. Tenho diploma de corte e costura do Senac. Mas o que eu gosto mesmo é da criação. Nunca fiz dois vestidos iguais. Cada um é um modelo diferente. A loja tem três costureiras que trabalham só pra mim.

— Você é um estilista de mão cheia — falei, admirada com as fotos. Centenas de noivas, talvez milhares, guardadas na caixa de papelão.

— O Lauro vive falando pra eu fazer um book direito, levar pras lojas da Augusta, dos Jardins. Eu digo que vou mas ainda não tomei coragem.

Para cada foto ele tinha uma história.

— Essa tinha mais de setenta anos. O sonho dela era casar de noiva. Com véu, grinalda e tudo que tinha direito. Essa aqui é travesti. Casou com um milionário italiano e foi pra Milão. Já fiz muito vestido pra travesti. Elas adoram casar de noiva. Essa já casou três vezes — as três fotos estavam presas num clipe. Cada uma de uma época diferente. — Agora faz tempo que ela não aparece. Acho que sossegou. Grávidas tem um monte. Essa saiu da igreja e foi direto pra maternidade, acredita? Casou em trabalho de parto. Uma coisa que me deixa puto é quando elas pegam o desenho e levam para uma costureira de bairro fazer. Elas derrubam qualquer modelo. Fica um horror.

Quando chegou a primeira cliente, eu me despedi e fui embora antes que o turco me pusesse pra fora. Seu empregado estava há horas de papo com uma pessoa que, pelo jeito, não estava ali para comprar coisa alguma. Cheguei no hotel quase na hora do almoço. Deise estava arrumando a mala.

— Vocês estão indo embora?

— Não! Hoje à tarde nós vamos para o hospital. Amanhã a Ritinha vai ser operada.

— É mesmo! Eu tinha esquecido. Pode deixar que eu levo vocês.

— Não precisa.

— Claro que precisa.

O almoço foi em homenagem à Ritinha. Genésia fez uma torta de frango e escreveu o nome dela em cima. Ritinha ficou emocionada e fez cara de choro. Tratamos de alegrá-la com palhaçadas, preocupados com seu coração fraquinho.

— Quando você voltar eu vou te dar um presente bem bonito. Pode escolher o que quiser.

— Eu quero um rádio-relógio igual ao seu.

— Deixa comigo. Ele vai estar ao lado da sua cama te esperando.

No meio do almoço, tocaram a campainha. Genésia foi atender à porta e voltou esbaforida. Da recepção, fez um sinal me chamando.

— O tal homem está aí — ela disse com medo de ser ouvida não sei por quem.

— Que homem?

— O que está te procurando.

— Ótimo. Vamos lá resolver esse assunto.

Desci na frente, ela veio atrás.

— É o senhor que está procurando uma Renata carioca?

— Sou eu mesmo. É a senhora?

— Qual é o nome completo da mulher que o senhor procura?

Ele disse o nome.

— Não falei que não era eu?

O homem insistiu:

— Posso ver seus documentos?

— O senhor está duvidando de mim?

Sem mais delongas, ele tirou a carteira de polícia do bolso e esfregou no meu nariz. Genésia estava à beira de um colapso.

— Vai buscar logo esse documento — ela disse beliscando meu braço.

Fui pegar a identidade e voltei bufando. O policial examinou de um lado, de outro e retomou o interrogatório.

— A senhora é daqui mesmo?

— Eu nasci em São Paulo, o senhor não está vendo?

— Mas seu sotaque é carioca.

— Morei dez anos no Rio. Agora estou morando aqui.

— Nesse hotel?

— Nesse hotel.

— Engraçado, a Renata que eu procuro é do Rio e também está hospedada num hotel por aqui.

— Eu garanto que não cometi nenhum crime. A menos que separar do marido após um casamento de dez anos seja considerada uma prática ilícita. Posso saber por que a minha xará está sendo procurada?

— Rapto de crianças, tráfico de drogas e contrabando de armas.

— Minha Nossa Senhora! — disse Genésia olhando pra mim sem saber que Renata era aquela.

— Se o senhor é da polícia e procura alguém do Rio de Janeiro, na certa conhece o meu marido.

— Quem é o seu marido?

— Luiz Antonio César de Medeiros.

— Você é mulher do doutor César?

— O senhor o conhece?

— Claro que eu conheço. Quem não conhece o poderoso chefão? Que coincidência.

— Você conhece o marido dela? — perguntou Genésia desentendida.

— Não conheço pessoalmente, mas sei perfeitamente quem ele é.

— E foi ele quem te mandou procurar a Renata? — ela quis saber.

— Não sei se foi ele, mas a ordem veio da Secretaria de Segurança do Rio de Janeiro, onde ele trabalha.

— Agora que está tudo esclarecido, posso terminar o meu almoço? — perguntei querendo encerrar a conversa por ali.

— Só tem um porém — ele falou antes que eu me fosse.

— O que uma mulher como a senhora faz nesse hotel tão vagabundo? Com o perdão da palavra — ele disse dirigindo-se à Genésia. — Seu marido sabe que a senhora está aqui? A senhora tem como provar que é a esposa do doutor César? — Sinto muito, provar eu não posso. Nunca fomos casados no papel, o que facilitaria numa situação como essa, por exemplo. Convivemos como marido e mulher debaixo do mesmo teto por dez anos, mas nunca assinamos papel nenhum. Fotografia dele eu também não tenho. Se tivesse, provavelmente teria rasgado. Não quero ver a cara dele nem em retrato. Quanto ao fato de estar neste hotel, ele está em perfeita consonância com minha condição de ex-esposa que sai de casa puta da vida sem um tostão no bolso. É o que eu posso pagar. Passe muito bem — dei as costas e subi. Genésia ainda ficou um tempo lá embaixo, trocando confidências, desconfianças e indignações com o tal investigador.

Quando cheguei na sala, Deise e Ritinha estavam de mala na mão, me esperando para partirmos. Nem deu tempo de terminar o almoço. Leão pegou a Ritinha no colo e apertou-a com lágrimas nos olhos. Genésia prometeu outra torta de frango quando ela voltasse do hospital.

— Prefiro bife à milanesa.

— Eu faço uma travessa cheia pra você.

Deise nem estrilou quando fiz sinal para o táxi. Bobagem insistir. No caminho, eu fui distraindo Ritinha pra que ela não visse a mãe chorando com o rosto escondido dentro do casaco.

Na enfermaria havia um único leito vazio, à sua espera. Eram seis crianças ao todo. Ao lado de cada cama, a poltrona pra mãe. Quatro já tinham sido operadas, duas delas estavam entubadas, duas com a cabeça raspada. O negrinho que aguardava a operação corria pelo quarto como se estivesse no quintal da casa dele.

— Do que você vai ser operada? — ele veio perguntar assim que nos viu.

— Do coração — Ritinha respondeu. — E você?

— Eu vou tirar um rim.

— Ah — ela disse, sem entender direito a diferença entre coração e rim.

Quando terminou o horário de visita, a enfermeira me pôs pra fora do quarto com cara de poucos amigos. Abracei as duas e jurei por Deus que ia dar tudo certo. Elas tinham certeza que sim.

— Qualquer coisa, você me liga e eu venho na hora.

Desci os sete andares correndo e só parei no térreo, justo em frente à capela. Me ajoelhei no último banco e pedi que Deus tivesse piedade das menininhas loiras e pobres que têm defeito no coração e dos menininhos negros e pobres que precisam tirar um rim; que Ele desse forças para as mães que dormem encolhidas na poltrona velando por seus filhos pobres e doentes; que cuidasse com carinho dos veados que adoecem por amor, especialmente os figurinistas, e também dos pais de santo que nada sabem do futuro, mas decifram o presente como ninguém; que cobrisse de bênçãos as donas dos hotéis baratos que cuidam dos hóspedes como se fossem seus filhos e seus maridos, os reis da selva, especialmente os que tocam piano; que Maria, sua santa mãe, console o coração das mulheres que dedicam a vida ao amor de um único homem que não as merecem; que o Altíssimo ilumine os caminhos de quem tem divino no nome e perdoe os césares que têm o rei na barriga e acham que podem tudo; finalmente que a graça do Espírito Santo recaia sobre as prostitutas e ex-prostitutas, pra que elas entrem no reino do céu, amém.

Quando cheguei no hotel, estavam todos no refeitório.

— Quer dizer que veio um policial aqui que conhece o seu marido? — Divino começou o interrogatório antes mesmo que eu me sentasse.

Tentei esclarecer, mas minhas respostas não o convenciam.

— Quer saber? — disse por fim, irritada. — Se não quer acreditar, não acredita.

— Ele agora vai saber onde você está.

— Por mim tanto faz. Você acha que eu tenho medo do César? Ele não pode me obrigar a voltar pra ele.

Assim que Leão saiu com seu traje de pianista, eu tive a ideia:

— E se fôssemos ao Traviata ouvir um pouco de música, beber e esfriar a cabeça? Amanhã é sábado, você não trabalha.

Divino topou o convite e estendeu-o à Jurema, que recusou.

— Eu não acho a menor graça naquele lugar.

Levantei da mesa e corri para o quarto me arrumar, levando Divino pela mão. Ele sentou-se na poltrona e ficou me observando.

— Você prefere essa blusa ou essa? — as opções não eram muitas.

— A preta.

— Não é muito decotada?

— Seus seios são lindos.

— Você acha?

— Tem certeza que quer mesmo sair? — ele disse aproximando-se pra conferir.

O César era igualzinho. Às vezes eu estava pronta pra sair, ele me olhava, era tomado por um tesão repentino e aí adeus passeio. Me agarrava na sala, na cozinha, onde fosse. Sinto muito, mas hoje nada me faria desistir do Traviata. Num instante me aprontei e descemos. Fiquei na recepção ao lado de Jurema enquanto Divino foi escovar os dentes.

— Você não quer mesmo ir conosco? — insisti.

— Eu detesto boate. A escuridão e a fumaça me dão falta de ar. Além disso, a música é muito alta, a gente não consegue conversar direito.

— Mas boate não é lugar pra conversar. O gostoso é dançar, beber. Se precisar falar, fala no ouvido. Onde você costuma ir?

— Eu saio pouco. De vez em quando, com o pessoal do hospital. A gente vai ao cinema, depois vai comer uma pizza ou a um barzinho, um lugar decente que dê pra ouvir o que o outro fala.

O melhor a fazer era deixá-la em paz, e foi o que eu fiz, embora minha vontade era que ela explodisse, me xingasse, e não ficasse remoendo seu ciúme em silêncio. Mudei de assunto e perguntei qualquer coisa sobre a novela. Ela respondeu com um grunhido indecifrável. Nossa interessantíssima conversa foi interrompida pela chegada do gorducho, que iluminou a sala com o sol da sua camisa havaiana.

— Tô pronto.

Fomos de mãos dadas pela rua, abrindo espaço entre as prostitutas e travestis. De repente, uma voz ao longe:

— Ei, Divino, devagar com a louça que essa moça é de respeito. Eu ainda quero fazer o vestido de noiva dela — era o Zema, bêbado, numa roda de veados tão bêbados quanto ele.

O Traviata estava lotado. Por sorte, Leão tinha reservado uma mesa. O garçom nos atendeu com especial deferência. Clientes novos merecem atenção especial. Divino pediu cerveja, eu o uísque de sempre, em copo baixo com bastante gelo. Tratei de sossegá-lo.

— Pode deixar que eu pago.

No primeiro samba-canção, tirei-o para dançar. Para minha surpresa, ele era um pé de valsa! Rodopiei pelo salão sonhando com o vestido de noiva que nunca usarei. A cabeça da gente pensa cada bobagem. Quando sentamos, ele me contou como conheceu Leão.

* * *

Leão estava na pior. A mulher tinha fugido com outro para a Argentina e ele, totalmente perdido, foi pro Rio. Conhecia uns músicos em Copacabana mas acabou indo morar em Vila Isabel, num quarto que a Genésia tinha no fundo da casa dela. Depois que o Bocão morreu, ela resolveu alugar o cômodo pra aumentar a renda. Toda tarde ele saía para o trabalho com o violão debaixo do braço e só voltava no dia seguinte, com o sol nascendo. Um dia a Genésia perguntou se ele não queria tocar no seu bar, que ficava ali perto. Ele topou e começou a se apresentar lá toda noite. Mudou a cara do lugar, que deixou de ser boteco de bebuns e virou ponto de encontro da rapaziada. Nos fins de semana eu dava uma mão pra Genésia. Ajudava no caixa, no atendimento, fazia compras.

Você conhece a Genésia. Num instante ela levou o Leão pra dentro de casa e começou a cuidar dele como filho, lavar a roupa dele, fazer comida pra ele. Ela era viúva há pouco tempo, ele recém-abandonado pela mulher, os dois se acertaram nas dores e perdas e começaram a namorar. Só que o negócio dele era mesmo tocar em boate. Ele era um pianista conhecido em São Paulo. Quando ele falou com a Genésia sobre a vontade de voltar pra cá, ela achou uma ótima ideia. Vendeu o bar, a casa, catou a Berê e veio embora. Eles se hospedaram no hotel onde a Jurema morava, ela já estava aqui há mais tempo, o Hotel Novo Mundo, onde estão até hoje.

— Pra você deve ter sido triste ficar sozinho no Rio, sem a Genésia, sem a Berê.

— Foi muito triste. Elas eram a minha família. Mas na época eu não podia sair do Rio. Além do emprego no banco, eu tinha uma mãe doente que exigia muito de mim. Foi muito difícil.

— Você nunca se casou, nunca teve ninguém?

— Não. Tive uns casos, umas namoradas, mas nada muito sério. Eu sabia que um dia ia encontrar a mulher da minha vida, e a minha espera ia fazer sentido.

— E encontrou? — perguntei oferecida.

— Acho que sim — a resposta foi hesitante, mas o beijo não.

Nem tínhamos reparado, mas Cecília, filha de Leão, tinha acabado de chegar com uma amiga, Irina, uma psicanalista de cabelos ruivos e crespos, de expressão austera, fumante compulsiva e bebedora de uísque, como eu. Ela e Cecília vivem juntas. Conheceram-se na faculdade. Cecília contou a história desde o começo.

* * *

Ela era namorada do meu melhor amigo. Ficamos amigas assim que nos conhecemos. A Irina era a diferente da turma. Uma menina culta, inteligente, apaixonada por cinema, teatro, artes plásticas, música clássica, uma raridade entre estudantes de medicina. Fui com a cara dela no ato. O Luca não achava a menor graça nos nossos programas nem nas nossas conversas. Nós deixávamos ele em casa e saíamos pra beber, ver filmes de arte, que ele odiava, ouvir recitais. Eu nunca tinha transado com mulher, essa ideia sequer tinha passado pela minha cabeça. Tinha tido uns namorados na adolescência que não foram pra frente. O tempo foi passando e a paixão por Irina foi me deixando louca. Eu não conseguia pensar em mais nada nem em ninguém. Só queria estar com ela, falar com ela, sair com ela. Eu chegava a passar mal na sua presença. Bastava vê-la para começar a tremer, suar frio, ter falta de ar. Até que um dia eu bebi uma garrafa de vinho e rasguei minha alma. Falei do meu amor por ela, do meu tesão, de quanto eu a desejava e como isso estava me consumindo. "Agora eu pus tudo a perder. Mas foda-se. Não aguento mais." A doida olhou bem pra minha cara e começou a rir:

— Sério que você achou mesmo que eu não soubesse? Por que você acha que eu tô aqui? — disse isso e me deu o maior beijo na boca.

Imagina a minha alegria ao ver que meu amor era correspondido. Foi o dia mais feliz da minha vida. Entramos de cabeça e nos entregamos de corpo e alma uma para a outra. Ela continuava namorando o Luca, mas entre nós tudo ia às mil maravilhas. Trepávamos feito duas malucas. Quanto mais nós saíamos juntas, mais o Luca ficava feliz por ter sossego para estudar. Ele vivia com a cara nos livros. E adorava futebol. Tudo que ele queria é que nós o deixássemos em paz. Eu não tinha o menor ciúme porque a Irina era muito mais minha do que dele. Era comigo que ela se divertia, passeava, conversava, morria de rir. Até o dia que ele resolveu casar. No ano seguinte da nossa formatura. Eu pirei. Namorar é uma coisa, casar é outra, muito diferente. Quando Irina me contou que já estavam com a data marcada, eu ameacei me matar, matar o Luca, contar tudo pra ele, fazer um escândalo. Ajoelhei, chorei desesperada, pedi pelo amor de Deus. Ela, na maior calma:

— Se você acha que o casamento vai mudar alguma coisa entre nós, está muito enganada. Acredite, essa é a melhor solução pra todo mundo. As coisas vão ficar ainda melhores, juro. Eu vou ter a minha casa, sem família pelo meio, sem explicações pra dar. O Luca só tá esperando o casamento pra botar o pijama e nunca mais sair de casa. Nossa vida vai continuar a mesma, eu garanto.

Irina não estava mentindo. Com exceção da semana da lua de mel, nós nunca passamos um dia sem nos vermos ou nos falarmos, ainda que fosse por telefone. Eu vivia na casa dela, ela na minha, sempre com o mesmo amor, o mesmo prazer, a mesma alegria. Nada mudou. A gravidez dela foi comemorada com uma festa. Eu acompanhei tudo desde o começo, como se o filho fosse meu. Fizemos juntas o pré-natal, escolhemos cada roupinha, decoramos o quarto do bebê. Fui eu quem a levou pra maternidade. O Luca já estava no hospital. Na sala de parto, fiquei ao lado dele o tempo todo. A Bel era a coisinha mais maravilhosa. Adivinha quem escolheu o nome? Adivinha quem foi a madrinha? Eu cuidava da mãe e da filha dia e noite. Depois da Bel veio a Pati, e a tia Ciça lá, cuidando delas o tempo todo. Levava pra passear, fazia as festinhas de aniversário, até em reunião de escola eu fui. O Luca não cansava de me agradecer. O sonho dele era estudar fora. Um dia veio a notícia que ele tinha passado no concurso para trabalhar no Mont Sinai, em Nova York. Eu pirei de novo. "Você não pode me abandonar", eu suplicava. "Se você for, eu me mato. Não posso viver sem você, sem as meninas." O Luca quase morreu do coração quando soube que ela não ia. Ao saber o motivo, não enfartou por milagre. Mas não desistiu da viagem. Fez as malas e foi embora. No dia seguinte eu mudei pra casa dela. Somos uma família feliz. Eu, ela e as crianças. E olhe que não é fácil. Irina tem um gênio terrível e uma cabeça complicada. Mas é ela que eu amo.

* * *

Quem disse que não dava pra conversar numa boate? Nem vi o tempo passar. Voltamos a pé para o hotel. Eu, pendurada nos braços do Divino, que também mal se aguentava. Um carro ao longe, um ônibus passando na avenida e um ou outro comentário que lembrávamos de fazer era tudo que se ouvia na cidade silenciosa. Divino dormiu no meu quarto. No meio da madrugada acordou assustado achando que tinha perdido a hora.

— Hoje é sábado, você não trabalha.

— É mesmo! — ele disse aliviado, enfiando-se de novo debaixo do cobertor.

Sábado

Será que a Ritinha já foi operada? Será que a Deise ligou? Acordei preocupada, me vesti e desci pra ver se a Genésia tinha notícias.

* * *

Aos sábados, César dormia até mais tarde. Eu acordava, tomava café e ia caminhar na areia, dar um mergulho no mar. Na volta, o encontrava de pijama, lendo jornal na sala. Eu tomava um banho, sentava ao lado dele e ia pegando as partes que não lhe interessavam: o caderno feminino, a programação da tevê, a coluna social, o horóscopo, as palavras cruzadas. As notícias que ele julgava importantes, comentava em voz alta para que eu me mantivesse informada. Ele morria de medo que eu me tornasse uma mulher alienada. Depois perguntava o que faríamos. Nos finais de semana, eu era a responsável pela agenda do casal.

— O Luiz e a Belinha nos convidaram para almoçar no Iate. Eles estão indo para a Europa. Querem se despedir.

Quando chegamos, Luiz e Belinha já estavam nos aperitivos. Pedimos dois uísques. O do César, caubói, o meu, em copo baixo com bastante gelo. A mariscada do Iate é a melhor da cidade — comemos muito bem e falamos mal de todo mundo. Voltamos pra casa sonolentos, loucos pra cair na cama e cochilar até o próximo compromisso: um coquetel sei lá onde.

* * *

O café da manhã do Hotel Novo Mundo aos fins de semana era um verdadeiro banquete. Tinha até melão com presunto. Genésia também estava preocupada com a falta de notícias. "Até agora, nada." Terminei de comer e fui andar um pouco.

— Vê se não demora — ela gritou da cozinha —, a Berê vai chegar pro almoço e eu quero muito que você a conheça.

— Vou até a Santa Ifigênia e já volto.

Eu precisava comprar o presente da Ritinha. Tinha prometido que quando ela voltasse o rádio-relógio estaria na cabeceira da sua cama.

Me assustei quando vi quão pouco dinheiro me restava. Será que eu perdi? Será que deixei no hotel? Infelizmente não tinha acontecido nem uma coisa nem outra. Eu tinha gastado sem perceber. E agora, o que vai ser de mim? Acabou. Não é brincadeira. Do que eu vou viver daqui pra frente? Nem dinheiro para pagar o hotel na próxima semana eu tenho.

Na volta, vi que Lauro estava desocupado, tomando sol na porta da loja. Pensei em pedir-lhe uma consulta. Será que eu vou ter que voltar pro Rio? Será que é só isso que me resta? Será que não tenho outra saída? O pai de santo virou-se e entrou correndo, fingindo não ter me visto. Quer saber? Quero que o futuro se dane. O que tiver que ser, será. O Divino está certo, esse negócio de prever o futuro é enganação pra tirar dinheiro dos trouxas que não sabem que a vida é risco. De uma coisa eu sei: nem que eu tenha que morar embaixo de um viaduto, para o Rio eu não volto. Como dizia minha mãe, de fome uma mulher não morre.

Assim que entrei no hotel, Genésia veio correndo me dar a notícia:

— A Ritinha foi operada e passa bem. A Deise ligou. A operação foi um sucesso — nos abraçamos aos prantos como se fôssemos da família. Subi pra contar a novidade pro Divino.

— Nossa menina está salva! — disse, pulando nas suas

costas, fazendo cócegas na sua barriga. Ele resmungou qualquer coisa e pediu que eu apagasse a luz. Mas logo em seguida os gritos de Genésia o fizeram pular da cama:

— A Berê chegou! Corre, gente. A Berê chegou!

Ele se vestiu correndo e voou pra sala. Uma linda mulata de quase dois metros, vestindo um agasalho azul-marinho, com a cabeça cheia de tranças rastafári, pegou-o no colo e girou em rodopios pela sala. A risada escandalosa era igualzinha à da mãe.

— Essa é a minha filhota — disse Genésia orgulhosa. — A minha campeã!

— Quer dizer que você agora resolveu ser civilizado e morar numa cidade decente?

Era lindo ver Divino e Berê matando a saudade, falando ao mesmo tempo, rindo, se agarrando, se beijando. A garota tinha trazido lembrancinhas pra todo mundo. Um xale de dançarina espanhola pra mãe, um colete bordado em fios dourados pro Leão — ele usará nas suas apresentações, com certeza —, um colar de pedras coloridas pra tia Jurema, uma boina de toureiro para o padrinho. "Pra você não tomar sol na careca." Para os demais: balas, chocolate, chaveiros, sabonetes, bolachas, perfumes. Até a barrinha de cereal que ganhou no avião teve seu destinatário.

Genésia juntou as mesas do refeitório. Parecia um banquete. O cardápio não podia ser melhor: maionese, macarronada, frango assado e lagarto recheado. Antes do ataque, erguemos um brinde com cerveja geladinha.

Berê contou em detalhes a esmagadora vitória das meninas sobre o time espanhol. "Nós arrasamos, todo mundo queria tirar foto com a gente. Na rua, as pessoas me paravam para pedir autógrafo." Contou das entrevistas que deu, do luxo da vila esportiva, do piriri por conta do puchero: "também eu exagerei, comi três pratos fundos".

* * *

No começo eu gostava de viajar com o César. Fomos para a Europa, para os Estados Unidos, para a Austrália, para a Itália. Ele me levava aos congressos e reuniões internacionais de que participava. O César é o bambambã em questão de segurança. Dá palestras pelo mundo todo. Mas depois eu fui enjoando de passar o dia sozinha num quarto de hotel ou andando à toa por uma cidade que não conhecia, cercada por pessoas falando uma língua que eu não entendia. À noite ainda tinha que aturar jantares infindáveis com pessoas chatíssimas. "Acho que eu prefiro ficar", fui dizendo aos poucos, até que ele desistiu e parou de me convidar. Desde então, viaja sozinho. Pelo menos é o que consta. Mas conhecendo-o como conheço, tenho certeza que sempre leva uma putinha na bagagem.

* * *

— E a Sílvia, como vai? — perguntou Zema.

— Tá ótima. Mandou um beijão pra todo mundo. Ela queria vir, mas teve que ir ver a mãe.

Sílvia era a técnica do time, companheira de Berenice. O índice de homossexualismo nessa família alcança índices de primeiro mundo: cem por cento. Tanto Cecília, filha de Leão, quanto Berenice, filha de Genésia, são lésbicas e ninguém parece estranhar o fato.

Depois do almoço, convidei Divino para ir comigo ver a Ritinha no Hospital das Clínicas. Ele topou, mas só se fosse de ônibus. Para minha surpresa, o ônibus que pegamos era muito melhor, mais limpo e rápido do que eu imaginava. Se eu soubesse que o transporte público da cidade estava nesse nível, não teria gasto tanto dinheiro em táxi. No meu tempo, os ônibus caíam aos pedaços. Na hora de passar na catraca achei que ele fosse se oferecer para pagar a minha passagem, mas isso não aconteceu. Com ele é na base do cada um por si, sempre.

Do lado de fora do hospital havia muita gente. Uma verdadeira zona. Aquilo parecia uma feira livre, um mercado de peixe com pipoca e batata frita esparramadas pelo chão. Foi difícil encontrar o portão de acesso em meio a tantos ambulantes na calçada. Lá dentro, a multidão se espremia tomando as escadas e os elevadores numa barulheira infernal. Silêncio? Onde? No pavilhão infantil as crianças apostavam corrida de muleta e cadeira de rodas, atropelando quem estivesse no caminho. Os meninos jogavam futebol no hall do elevador com uma bola de pano (lençol? toalha?). Era difícil driblar o adversário sem deixar cair o soro, mas eles conseguiam. Moleques de cabeça raspada, cheios de curativos pelo corpo, gargalhando com suas bocas banguelas e descoloridas. O pior já passou. Dia de visita é dia de alegria. Ao me ver, Deise veio correndo ao meu encontro.

— A Ritinha está ótima. Correu tudo bem. Não precisava se incomodar.

A enfermeira me deixou entrar um pouquinho. No começo eu me assustei. No peito do passarinho havia um corte de alto a baixo, com mais de cem pontos. Mas depois, conforme fui me aproximando, o susto foi dando lugar à alegria. A cor de Ritinha era outra. Ela estava corada. Seu rosto, antes assustadoramente pálido, estufava-se em duas bochechas rosadas. A menina dormia. Toquei de leve na sua mão e falei no seu ouvido:

— Já comprei seu presente. Não demora, tá?

Tive a impressão que ela sorriu. Quando saí, Deise e Divino conversavam com um homem que não parecia médico. Um homem simples, malvestido, malpenteado.

— Esse é pai da Ritinha — ela disse quando me aproximei.

Pai da Ritinha? Como assim? Quer dizer que ela tem pai? De repente? Agora que o pior já passou, ele resolve aparecer e reclamar seus direitos? Fique sabendo que quem cuidou da sua filha enquanto o senhor estava longe, fui eu. Se não fosse por mim, ela estaria morta. Agora que ela está bem, que não corre perigo, o senhor aparece? Eu gastei um dinheirão com ela, paguei médico particular, levei pra tomar lanche, comprei um rádio-relógio, andei de táxi pra cima e pra baixo. Aposto que o senhor veio de mãos abanando e ainda tem a cara de pau de me dizer que é o pai dela.

O homem era baixo e forte. O cabelo, excessivamente preto, devia ser pintado. Um homem rude de mãos ásperas.

— Prazer, Ramiro.

Em seguida sorriu, mostrando os dentes estragados.

— Não vejo a hora de levar ela pra casa.

Só me falta essa. Se o senhor tirar a Ritinha de mim eu chamo a polícia, chamo até o César se precisar. Ele vem aqui e te põe na cadeia. O que vai ser de mim se ela for embora? Mas ele não está nem aí. Continua conversando com Divino como se eu nem existisse.

— São seis anos nesse vai e vem. Eu também não vejo a hora de ir pra Tatuí e sossegar — disse Deise. Ela também parece não se incomodar com meu sofrimento. Tudo está chegando ao fim. Na despedida, Ramiro falou emocionado:

— Eu queria lhe agradecer por tudo que você fez pela minha filha. A Deise me falou. Muito obrigado.

Ele é um homem bom. Talvez até me deixe visitá-la de vez em quando. Voltamos de metrô para o hotel. Com uma semana de São Paulo, Divino conhecia a cidade melhor que eu. Na estação em frente à Pinacoteca, um cartaz gigantesco: *Panorama da pintura brasileira no século XX*. Arrastei-o para dentro, a contragosto.

— É rapidinho — prometi. — A exposição fecha às seis.

Eu precisava apagar a lembrança do hospital, o cheiro de doença, o medo da solidão e a iminência da pobreza absoluta que ainda estavam no meu nariz. Ao chegarmos em frente a uma marinha de Pancetti, comentei:

— Eu tenho um quadro desse pintor.

— Deve valer uma fortuna.

— Com certeza. O meu é uma mulher deitada de bruços na areia, com um maiô amarelo. Ela tem o cabelo preto, curto, e as coxas grossas como as minhas. Eu sempre achei que aquela mulher era eu. Como não dá pra ver o rosto, a gente não sabe se ela está dormindo, acordada, triste ou feliz. O César me deu de presente de aniversário. Nós tínhamos ido a um leilão. Ao ver meu entusiasmo pelo quadro ele arrematou. Como investimento, claro. César só consegue apreciar uma obra de arte pensando em quanto ela vale. Quando cheguei em casa e fui pendurar o quadro no meu quarto, ele não deixou: "ora, Renatinha, ninguém compra um Pancetti pra deixar no quarto". O quadro está pendurado na sala de jantar até hoje. Se eu o vendesse, resolveria metade dos meus problemas.

— E por que não vende? Ele não é seu?

— Eu não teria coragem. Além do mais, ele agora é do César.

— Mas ele não te deu de presente? Você pode fazer o que bem entender.

— Cada vez que o César me dava alguma coisa, era um presente para ele próprio. O carro novo que eu ganhava todo ano ele nunca passou para o meu nome; as joias, não saíam do cofre. Ninguém é louco de usar tanto ouro no Rio de Janeiro. Mas você tem razão. O Pancetti é meu. Eu gosto muito dele. Eu quero o meu quadro.

Quando saímos da Pinacoteca, as luzes do Parque da Luz já estavam acesas e as ruas agitadas num burburinho de festa do interior. Nos fins de semana, vem gente de longe passear aqui, fazer compras, namorar. As barracas ao longo do passeio público vendem de tudo: churrasquinho, cachorro quente, doces, tapioca, macarrão japonês, sanduíches de pernil, de carne assada, sorvete, roupas, bijuterias, sapatos, frutas, CDs piratas, tênis piratas, drogas.

Na frente da loja de umbanda, havia uma convenção de pais de santo. Todos veados, reunidos em volta de uma cai-

xa de isopor lotada de cerveja e de uma churrasqueira fumegante que espalhava um cheiro delicioso pelo quarteirão.
— Cuida dessa moça — repetiu Zema. — Eu ainda vou fazer o vestido de noiva dela. Tomam uma cerveja com a gente? — Divino me puxou pra dentro do hotel antes que eu dissesse sim.

Leão, Genésia e Jurema jogavam uma partida de buraco no refeitório.

— Guardei macarrão pra vocês — disse Genésia ao nos ver chegar.

Fizemos o prato e fomos comer na frente da televisão.

* * *

No sábado, depois do almoço no Iate, estávamos deitados quando começaram os telefonemas. Eu atendia e a pessoa desligava na minha cara. Depois da segunda vez, falei pro César atender: "deve ser pra você". Ele se engasgou todo numa conversa esquisitíssima. Amantes costumam falar em código. Em seguida ele saiu dizendo que ia alugar um filme na locadora. O filho da puta nem se dá ao trabalho de inventar outra desculpa. É sempre a mesma. E ainda tem o cuidado de voltar com um filme alugado. Não dá uma bola fora. Quando ele era casado com a Margô, eu fazia igualzinho. Ficava ligando pra casa dele até ele atender. Se a Margô atendesse, eu desligava na cara dela e ligava de novo. "Sim senhor, não senhor, é engano, aqui não tem ninguém com esse nome." Logo ele aparecia no bar, na padaria ou no posto de gasolina onde eu estava.

— Eu precisava tanto te ver, tô morta de saudade. Me dá um beijo? Diz que me ama.

— Eu não posso demorar. Falei pra Margô que ia alugar um filme.

Domingo passado, quando ele disse que ia à locadora, eu resolvi mudar o final da história. Ele saiu por uma porta, eu por outra. Do jeito que estava, de moletom e tênis. Enquanto ele desceu à garagem, ligou o carro e abriu os três portões, eu desci pelo outro elevador e peguei um táxi. Depois de dez anos, minha paciência terminava ali.

— Siga aquele carro.

Primeiro ele parou na porta de um prédio em Copacabana. Logo apareceu uma menina muito linda. Alta, magra, loira, de rabo de cavalo. Usava calça preta colante parecendo de borracha, uma bota até o joelho e um top de oncinha com a barriga de fora. Uma putana. Ela entrou no carro, eles se beijaram e ele tocou em frente. A próxima parada foi no Tebas, um motel vagabundo a dois quarteirões dali. Quer dizer que é aqui que o ilustríssimo e poderosíssimo doutor César Medeiros vem comer sua putinha? Nesse motel nojento? Dei risada do ridículo da situação.

— Desliga o carro, nós vamos esperar — ordenei ao motorista.

— A senhora se incomoda se eu ligar o rádio?

— Absolutamente.

Cinquenta minutos depois o carro do César surge no portão. Eu saí correndo e pulei na frente dele, que me olhava de boca aberta, paralisado, sem entender o que estava acontecendo.

— Abre esse vidro, filho da puta — bati furiosa.

— O que você está fazendo aqui?

Se eu respondesse, ele ia emendar uma segunda pergunta, uma terceira, e conseguiria o domínio da situação. Ele então me passaria uma descompostura e me mandaria de volta pra casa: "depois nós conversamos". Não dessa vez, César. Fui falando tudo que estava entalado na minha garganta.

— Salafrário, puto, cínico, cafajeste. Então é aqui que você vem alugar filme? Eu te odeio, César. Você é um escroto. Eu vou embora e não quero te ver nunca mais. Some da minha frente e da minha vida — dei as costas e voltei pro táxi.

— Agora o senhor me deixa lá onde me apanhou.

Por incrível que pareça, eu estava feliz. E vim repetindo pelo caminho: eu estou livre, eu estou livre, acabou. Foi um alívio transcendental. Fui tomada por uma alegria tão descarada que dava até vergonha. Eu até chorei um pouco. Paguei o táxi e subi correndo pro apartamento. Eu tinha pouco tempo. O César não podia me pegar ali de jeito nenhum. Eu tinha de sair antes que ele chegasse. Fui ao quarto, peguei uma mala pequena, coloquei umas roupas, um sapato, uma sandália, umas calcinhas, um pijama. No banheiro, coloquei o indispensável na nécessaire. Depois despejei tudo que tinha dentro da minha bolsa na mesinha da sala e deixei lá: a carteira, a agenda, o celular, os talões de cheque, os cartões de crédito. Só peguei a identidade. Lembrei que na gaveta da escrivaninha tinha um dinheiro que o César deixava lá para uma emergência. Isso era tudo que eu tinha dali pra frente. Desci e entreguei a chave para o porteiro:

— Diz pro doutor César que eu fui embora.

— A senhora vai viajar?

— Não, Amadeus, eu estou indo embora pra sempre. Me chama um táxi, por favor.

* * *

— Você se incomoda de dormir sozinho? — perguntei ao Divino, que morria de rir com um programa humorístico na tevê.

— Imagina. Fica tranquila.

Dei-lhe um beijo e subi para o meu quarto.

Domingo

Acordei às sete horas e fui ao quarto do Divino. Ele demorou pra abrir a porta. Atendeu de cueca, sem entender o que estava acontecendo.

— Você está indo pra onde? — perguntou pensando não ter ouvido direito.

— Pro Rio. Vou falar com o César.

— Faz bem — ele disse esfregando os olhos.

Tomei coragem e perguntei a única coisa que de fato me interessava:

— Você quer que eu volte?

— Pra onde?

— Pra cá, ora bolas. Pra você.

— Claro que quero! — ele respondeu num rompante de certeza que me deixou segura.

— Vai dar tudo certo, não vai?

— Só indo lá pra ver.

Certeza ele não tinha. Ninguém tinha.

— Já tomou café?

— Eu tomo no aeroporto. A Genésia nem acordou.

Meu gentil namorado se vestiu e foi comigo ao ponto de táxi.

— Eu vou ficar aqui torcendo por você, esperando você voltar.

O taxímetro já estava rodando e nós ainda estávamos nos beijando. Aquele beijo podia ser o último. Comigo só a bolsa, a carteira quase vazia e a identidade. Deixei minhas coisas no hotel. Caso acontecesse alguma coisa, eu nem voltaria pra buscar. Ficaria tudo no Hotel Novo Mundo, para sempre.

Com a cabeça nas nuvens e os pés bem longe do chão, tentei ordenar os acontecimentos da última semana. Os fatos, as vozes, os rostos se embaralhavam sem que eu conseguisse saber o que veio antes ou depois. Eu conheci um homem no avião quando vim pra cá, um homem que me levou para um motel vagabundo no centro da cidade, depois fiquei amiga de uma mulata muito gorda e alegre casada com um homem muito magro e melancólico que tocava piano numa boate e tinha uma filha lésbica casada com uma psicanalista que enganou o marido. Tinha também um estilista que me prometeu fazer um vestido de noiva. Ele é casado com um pai de santo que me deu um banho de ervas e me disse que eu devia fechar a porta do passado antes de abrir a do futuro. Fui visitar uma menininha que foi operada do coração e chorei muito na capela do Hospital das Clínicas. Subi e desci a Consolação um milhão de vezes, andei muito pela Santa Ifigênia. Conheci uma jogadora de basquete de dois metros de altura, lésbica também. Comi rabada e muito arroz e feijão. Trepei com um homem maravilhoso, careca e barrigudo, que está me dando coragem para ir ao Rio terminar tudo com o César. Eu vou falar pra ele que eu quero me separar e vou voltar a morar em São Paulo. Só espero que ele não me venha com discurso nem com beijo e abraço nem com tapa na cara nem com tiro na testa. São tantas as possibilidades quando uma mulher fala para o marido que não quer mais viver com ele. Vou lutar pelos meus direitos. Quero cada centavo que ele me deve pelos anos de serviços prestados. Pode começar a chorar, César, porque chegou a sua hora.

Andar no Rio de Janeiro pela manhã, com essa luz, com esse sol, vendo o mar e essa paisagem deslumbrante chega a me dar raiva. Esta cidade é uma aberração. Não há como fazer jus a este cenário. Ninguém aguenta a responsabilidade de viver num lugar tão lindo. Em São Paulo você pode ser infeliz à vontade. A sua miséria se junta à miséria da cidade e vira tudo uma coisa só. Vive-se com mais naturalidade. São Paulo deixa você ser quem você é. O Rio é uma cidade para semideuses. Tô fora. Paguei o táxi com a última nota que me restava. O troco não daria pra tomar um café.

Amadeus me reconheceu de longe e abriu o portão sem que eu precisasse me identificar. Ele deve achar que eu ainda sou a dona dessa casa, que ainda moro nesse apartamento. Isto é sinal que o César não colocou ninguém no meu lugar nem proibiu minha entrada no edifício.

— Bom dia, dona Renata.

Ele não deve se lembrar que eu saí daqui dizendo que nunca mais voltaria. Será que o César está em casa? Será que a minha chave ainda está na portaria? Será que ele trocou a fechadura? Se fosse eu, teria trocado.

— Bom dia, Amadeus. Minha chave está aí?

— Está sim senhora.

E o César? Ele perguntou por mim? Você deu o recado que eu mandei? Você falou que eu fui embora pra sempre? Ele está com alguém no apartamento? Eu posso subir, Amadeus? Você jura que não tem nenhuma vagabunda lá em cima, deitada na minha cama, usando meu baby-doll? Como o César passou a semana, triste? Abatido? Ele dormiu fora de casa? Quantas noites? Ele tem bebido muito? Achei melhor não fazer pergunta nenhuma.

— O doutor foi pra Angra. Disse que voltava hoje.

Pra Angra? Quer dizer que o doutor resolveu esfriar a cabeça em Angra dos Reis. Tive vontade de perguntar quem foi com ele. Ele foi sozinho ou com a potranca de rabo de cavalo? Com outra mais novinha e mais linda? Filho da puta. Dessa vez eu deixarei um bilhete. "Vim pegar o que me pertence. Meus advogados te procurarão."

O apartamento estava gelado e com cheiro de mofo. O prédio é lindo mas tem a face para o lado errado. É ótimo pra reumatismo. As cortinas e as janelas estavam todas fechadas. Sobre a mesinha de centro da sala escura, tudo exatamente como eu deixei. Uma oferenda que joguei no mar e Iemanjá recusou. Catei os cartões de crédito, os talões de cheque, a agenda e coloquei tudo na bolsa. Duvido que o César tenha encerrado minha conta. A caixa postal do celular estava lotada de recados sem importância: um convite para uma exposição de um pintor modernoso, uma amiga perguntando se eu podia ajudá-la na organização de um chá de caridade, o encanador dizendo que não poderia vir consertar a pia na segunda-feira. Joguei o celular e o carregador de bateria dentro da bolsa.

No quarto, o cenário estava intacto. A cama, do jeito que eu deixei quando saí correndo atrás do César. Os sapatos e roupas jogados ao pé da cama. César deve ter dispensado a faxineira. Cadê o casal que dormia aqui? O gato comeu, a água apagou, o boi bebeu. Daqui a pouco eles vão se encontrar neste ringue gelado e o pau vai comer.

O banheiro estava de dar nojo — pasta de dente aberta na pia, armário aberto, toalha no chão. O César é um porco. No meu tempo tudo aqui era limpo e cheiroso. A cozinha, um lamaçal. No chão branco de mármore, as marcas dos passos de César. Em cima da mesa, o pacote de pão de forma embolorado e a manteiga derretida. A pia cheia de louça. Sobre a montanha de xícaras sujas, uma com marca de batom. Olhei bem de perto. Não era meu.

— Quem esteve aqui com o César? — perguntei para o Amadeus pelo interfone.

— Eu só vi a dona Margô. Eles foram juntos pra Angra.

Filha da puta. Não esperou nem o defunto esfriar. Deixa estar. Eles me pagam. Fui ao quarto, abri a janela, peguei uma mala bem grande e coloquei tudo que eu mais gostava. As roupas mais bonitas, os sapatos mais caros, casacos de inverno, biquínis, suéteres, vestido de gala. Eu seria a hóspede mais chique do Hotel Novo Mundo. Por sorte o César não fez uma trouxa e jogou as minhas roupas no meio da rua como fez meu pai.

* * *

Ele era motorista de ônibus. Quando saía para o trabalho, minha mãe chamava os amiguinhos dela e passava a tarde brincando: o encanador, o padeiro, o leiteiro, o japonês da quitanda, o técnico da máquina de lavar.

— Fica aí na sala vendo desenho que eu vou brincar com meu amiguinho lá dentro.

Daí a pouco ela gritava:

— Renata, traz uma cerveja pra mamãe.

Eu ia à cozinha, abria a geladeira, pegava a cerveja, o abridor e levava pra ela e pro amiguinho dela.

— Não fala nada pro papai, hein? Ele é muito chato e não gosta dos meus amigos. Não é legal ter amiguinhos?

Claro que era legal. Ainda mais uns amiguinhos que sempre me davam balas, chocolate, pirulito. Um dia meu pai chegou mais cedo. Ele estava vermelho de raiva, entrou bufando e foi direto pro quarto. Os vizinhos tinham dado o serviço. Há muito vinham avisando: "abre o olho com essa sua mulher, ela vive recebendo estranhos na sua casa". Meu pai pediu:

— Quando vier alguém, você me liga avisando.

A garagem era perto de casa. Em dez minutos ele chegou e pegou minha mãe e o amiguinho dela brincando na cama dele. O moço saiu correndo com a roupa na mão. Meu pai deixou-o ir. O negócio dele não era com o moço. Era com ela. Tirou a cinta e bateu tanto que minha mãe ficou largada no chão. Depois ele pegou uma mala em cima do guarda-roupa, botou as roupas dela dentro e jogou no meio da rua. Eu tive que ajudar minha mãe a se levantar e levar ela pro banheiro. Ela sentou na privada, botou a mão na cabeça e chorou muito. Eu lavei o rosto dela, os braços, a boca cheia de sangue. Era preciso tirá-la de lá o mais rápido possível.

— Vamos, mãe, senão o pai volta e vai bater mais ainda na senhora.

Minha mãe colocou minhas roupas numa sacola de feira, um tamanquinho que eu tinha acabado de ganhar e uma boneca. O urso de pelúcia que eu adorava teve que ficar porque não cabia. Fomos andando de mãos dadas pela rua, de cabeça baixa, enquanto os vizinhos gritavam:

— Some daqui, sua vagabunda. Onde já se viu tamanha sem-vergonhice com um homem bom como o Amâncio? Vê se toma vergonha nessa cara, sua puta.

No ponto de ônibus pegamos o primeiro que passou, pra qualquer lugar.

— Pra onde a gente está indo, mãe? — perguntei assustada.

— Não sei ainda, mas fica tranquila. Na rua a gente não fica. Enquanto eu tiver boceta, fome a gente não passa.

O ponto final era na Estação da Luz. Minha mãe ia de bar em bar, de loja em loja perguntando se tinha serviço pra ela, se alguém sabia de um lugar que tivesse vaga pra dormir. "Eu estou chegando do interior, não conheço ninguém em São Paulo, minha filha tá com fome", até que chegamos no bar do seu Antero, que estava precisando de uma ajudante na cozinha e tinha um quartinho nos fundos onde podíamos ficar.

— De dia você ajuda na cozinha, de noite atende a freguesia.

Seu Antero era um homem de bom coração que acabou ajudando minha mãe até o fim da vida. Ao me ver dormindo naquele quartinho úmido, brincando em meio ao lixo do quintal, ele resolveu tomar uma providência:

— Essa menina não pode ficar aqui, uma menina tão bonitinha.

No mesmo dia fui levada ao Colégio Sagrado Coração, onde passei os oito anos mais tranquilos da minha vida. Graças à iniciativa do seu Antero e à compaixão das freiras, que me aceitaram como interna no colégio, eu passei a ter o que nunca tinha tido até então: cama limpa, comida boa e na hora certa, estudo de ótima qualidade, biblioteca com livros à vontade, amigas com quem brincar e conversar. Ia à missa todos os dias, confessava meus pecados uma vez por semana, rezava antes das refeições e não dormia sem agradecer a bondade infinita de Deus. Duas vezes por ano minha mãe aparecia. No meu aniversário e no Natal. Eu e a Aracy éramos as únicas que não saíamos do colégio nem nas férias. Não tínhamos pra onde ir. As freiras tinham dó e nos levavam para visitar colégios de cidades vizinhas e para os piqueniques que faziam. Era divertido. Duas crianças numa Kombi cheia de noviças voadoras. Nas poucas vezes em que fiquei doente, fui atendida pelo médico de confiança das irmãs. Elas sabiam que eu adorava ler e incentivavam o hábito da leitura me dando muitos livros de presente. Eu me desacostumei da minha mãe. Quando ela vinha me visitar, o pouco tempo que passávamos juntas era demasiado. Eu não suportava a presença daquela mulher suja, fedendo a cigarro e bebida. Ficava pedindo a Deus que ela fosse embora o mais rápido possível. Aos catorze anos concluí o ginásio com festa de formatura e tudo. No ano seguinte eu faria o curso Normal. Eu queria ser professora. Foi aí que o sonho acabou. Antes do início das aulas, minha mãe apareceu dizendo que estava muito doente, que já não podia trabalhar, e precisava de alguém pra cuidar dela. "O seu Antero emprestou uma quitinete que ele tem e a gente vai morar lá. O lugar é bom, na rua Augusta, perto do centro."

O prédio era um cortiço. Na sala havia apenas um sofá com as molas saindo pra fora onde dormíamos eu e minha mãe e uma televisão preto e branco que nos obrigava a adivinhar as imagens por trás dos fantasmas e ruídos indecifráveis. Na cozinha minúscula, uma geladeira velha e um fogão de duas bocas. Minha vida deu uma pirueta e eu caí de bunda no chão. Da janela do apartamento eu via a torre da igreja da Consolação e ficava lembrando da capela do colégio, do cheiro de limpeza, do odor das flores, da luz entrando pelos vitrais iluminando a imagem de Jesus e de seu Sagrado Coração. Na igreja da Consolação eles distribuíam a cesta básica que nos alimentava. Eu ia buscar e aproveitava para assistir à missa e rezar pra vida voltar a ser o que nunca fora. Os remédios da minha mãe eu pegava no posto de saúde. Quando ela piorava, eu levava para o Hospital das Clínicas. Passava horas na janela olhando as putas entrando nos carros e pensando: um dia eu vou ser como elas. Vou usar salto alto e andar num carro bem bonito. À tarde, eu passava batom, penteava o cabelo e descia pra esperar os clientes. Eu queria muito comer pizza, macarronada, comprar livros, gibis. Meu primeiro cliente era um moço loiro, cabeludo, num Karmann-Ghia vermelho.

— Quer dar uma volta?

Assim que eu me aproximei, ele perguntou:

— Quanto é?

— Você paga quanto achar que eu mereço — respondi sem ter ideia de quanto valia o serviço de uma puta.

Eu já tinha menstruado. Meu corpo era de mocinha. Meus seios eram grandes, o quadril redondo, as coxas grossas. Mas nunca tinha dado um beijo na boca. O rapaz quase desistiu quando viu que eu era virgem.

— Isso dá um bode danado. Eu posso ser preso.

— Fica tranquilo. Juro que não falo nada pra ninguém. Eu tô precisando muito, por favor. Tenho mãe doente, cheguei há pouco do interior.

Ele foi cuidadoso e me deu um monte de dinheiro. Virou freguês, vinha sempre me buscar. Depois dele vieram tantos que eu perdi a conta. Acho que foram mais de mil. De repente, o apartamento estava de cara nova. Pintei ele todinho, comprei um sofá novo, uma cama de solteiro para minha mãe, geladeira nova e televisão a cores. Quando minha mãe morreu, eu disse ao seu Antero que queria continuar no apartamento. Aí eu já era conhecida no pedaço. As boates da Nestor Pestana me disputavam a tapa. Eu era uma das putas mais bonitas da região. Fui melhorando cada vez mais até chegar no Sofia's, o privê mais luxuoso da cidade, onde só iam figurões e gente bacana. O que eu ganhava por programa minha mãe não ganhou a vida inteira.

* * *

Não peguei todas as joias. Apenas o suficiente pra comprar um carro, um apartamento e ter algum de reserva. Fechei a mala e levei para junto da porta de entrada. Quando o César chegasse ia saber que eu estava de partida. Sentei no sofá e esperei. Às duas horas liguei para o restaurante de sempre e pedi um filé à cubana.

— Põe na conta do doutor César.

* * *

No Hotel, Jurema foi a primeira a notar a minha falta.

— Cadê a Renata? — perguntou, torcendo para ouvir que eu tinha morrido e desaparecido da face da terra.

— Ela foi pro Rio — respondeu Genésia. Ao seu lado, Divino comia de boca fechada.

— Ela resolveu voltar pro marido?

— Ela foi falar com ele.

— Tomara que ele deixe ela voltar — Jurema comentou olhando firme nos olhos de Divino.

— A Renata não precisa do consentimento dele pra decidir a vida dela — ele respondeu.

— Ouvi dizer que ele é um homem superimportante, da polícia.

— E daí? Isso não lhe dá o direito de manter a mulher à força ao lado dele.

— Sei lá, esse povo é perigoso. Você não tem medo?

— Ah, Jurema, sai dessa vida — Divino falou com rispidez, encerrando a conversa.

Ofendida, Jurema saiu da mesa e foi para o quarto. Passou a tarde chorando, morta de fome.

Quando a comida chegou, coloquei uma toalha num canto da mesa de jantar e sentei pra almoçar. "Santo Deus, olha ela aqui! A mulher do Pancetti bem na minha frente. Como pude me esquecer dela?" Tirei o quadro da parede, enrolei-o num lençol e coloquei no fundo da mala. Se me revistarem no aeroporto eu tô fodida. Quem vai acreditar que esse quadro é meu, que o César me deu de presente no meu aniversário? Sentei de novo e comi meu filé em paz.

As horas custavam a passar e nada do César aparecer. Quero voltar pra São Paulo ainda hoje. Quero trepar ainda hoje com Divino no Hotel Novo Mundo. O que ele estará fazendo a essa hora? Será que já almoçou? Resolvi ligar. Leão atendeu.

— O Divino está no quarto dele. Quer que eu chame?

— Não precisa. Diz que eu mandei um beijo. Outro pra você. Outro pra Genésia.

Será que ele está sozinho? Será que a Jurema está com ele? Será que ele ainda me ama? Será que ele quer mesmo ficar comigo? São tantas as perguntas que uma mulher faria se pudesse. Liguei a televisão e acabei cochilando no sofá. Acordei com César batendo no meu ombro. Demorei pra reconhecer. Quem é esse que me acorda, com essa cara imensa tão perto da minha? Sentei no sofá atordoada. A mala dele estava ao lado da minha. As duas prontas pra sair, escapar, ir embora. Levantei correndo antes que o beijo dele alcançasse o meu rosto.

— Tudo bem com você? — ele perguntou sentando-se na poltrona em frente ao sofá.

— Tudo.

— Por onde você andou? Por que não deu notícias? Eu fiquei preocupado.

— Eu estava em São Paulo. Não finja que você não sabia. Eu precisava de um tempo pra pensar.

— E pensou?

— Pensei. Eu vou embora, César. Não quero mais viver com você. Só vim pegar as minhas coisas.

— Você pretende continuar naquela espelunca de hotel?

— Por enquanto, sim. Depois eu vejo o que vou fazer.

— Posso saber por que você foi pra lá?

— O acaso, César. Foi o acaso que me levou até o Novo Mundo.

— Você tá de caso com o gordinho careca?

— Tô. Dessas coisas que não se explicam.

— Você tem todo direito de recomeçar sua vida. Eu só acho que não precisava ser dessa forma, nesse submundo, com essas pessoas. Mas, enfim, você sabe o que faz.

— Claro que sei. Sempre soube. E avisa a Margô que ela pode entrar e tomar posse a hora que quiser. O posto de primeira esposa está vago.

— Ela já tomou, Renata. Nós estávamos juntos em Angra. Uma segunda lua de mel.

— E se eu quisesse voltar? Você ia me mandar embora?

— Eu sabia que você não ia voltar. O nosso tempo acabou. Vai ser melhor pra todo mundo. Te desejo sorte com o gordinho.

— Depois eu ligo pra gente ver como ficam as coisas.

— Como quiser.

— Foram dez anos, eu tenho meus direitos.

— Fica tranquila. Não vou te deixar na mão.

Quando o elevador chegou, coloquei a mala dentro e disse tchau, de longe. Nem as mãos nos demos. A caminho do aeroporto, pedi para o motorista parar num caixa eletrônico e saquei quanto quis. Chega de ficar contando migalhas. Subi a escada do hotel ao som dos últimos acordes do

117

Fantástico. Leão e Genésia me ajudaram a levar as malas pra cima.

— Eu fiz filé à cubana. Guardei pra você. Você já jantou? — ela disse.

— Antes quero ver o Divino, cadê ele?

— Tá no quarto. Passou o dia inteiro trancado.

— Não falei que eu voltava?

Ele calou minha boca com um beijo.

Eu sentei na cama, tirei os sapatos e contei tudo, desde o começo.

Agradecimentos

Meu comovido agradecimento a Adrienne Myrtes, Andréa del Fuego, Beatriz Antunes, Bebel de Barros, Índigo, João Batista Novelli, Luiz Roberto Guedes, Marçal Aquino, Marcelino Freire e Maria José Silveira, que pacientemente me acompanham desde os primeiros esboços desse livro; a Reinaldo Moraes, por uma conversa na Mercearia quando eu estava quase esmorecendo; e a Rodrigo Lacerda, pela última e preciosa leitura.

Ivana Arruda Leite

Sobre a autora

Ivana Arruda Leite nasceu em Araçatuba, SP, em 1951, e é mestre em Sociologia pela Universidade de São Paulo. É autora dos livros *Falo de mulher* (Ateliê, 2002), *Eu te darei o céu* (Editora 34, 2004), *Ao homem que não me quis* (Editora Agir, 2005) e do juvenil *Confidencial* (Editora 34, 2002), entre outros. Participou de inúmeras antologias no Brasil e no exterior, e escreve desde 2005 o blog *Doidivana* (doidivana.wordpress.com). *Hotel Novo Mundo* é seu primeiro romance.

Este livro foi composto em Sabon,
pela Bracher & Malta, com CTP e
impressão da Prol Editora Gráfica
em papel Pólen Soft 80 g/m^2 da Cia.
Suzano de Papel e Celulose para a
Editora 34, em junho de 2009.